为自己活一次
No need to be anybody but oneself.

时目 编

果麦文化 出品

哪怕有一次,
可以主动向命运说"不"吗?

编者按

这本书的灵感来源,始于第一篇。还记得是一个冬日的傍晚,来自微博的一篇文章吸引了我的注意——一位五十六岁的女人决定离家出走。

这篇文章的主角是一位五十六岁的郑州阿姨,一辈子勤勤恳恳,服侍老公,教育女儿,并且任劳任怨把外孙带到上幼儿园的年纪。然而某天,她毅然开着小Polo,买好车顶帐篷和各种自驾装备,一路向南,绝尘而去——因为她"不想给大家干活了"。

看完很激动。也发给了很多女性朋友。没想到最激动的不是同年代的六〇、七〇后,而是一九八五至一九九五年出生的一批。后来的事情大家都知道了。这位阿姨离家出走的事件得到的关注和支持远远超出想象。根据此文作者透露,阿姨二〇二一年九月专门飞到北京,参加快手组织的直播活动,以及跟腾讯视频推进短纪录片的合作,甚至有人想把她的故事改编成女性公路电影……

这是全网对任劳任怨的中国女性角色的一次集体情绪寄托和释放。正如一位二十八岁的女生交流时说的:真好,我终于觉得自己老了之后不会沦陷进生活的尘埃里。

一直被结婚生子、照顾家人的社会职责推着往前走的女性,未来将面临同样的问题。会不会跟老公无话可说,只能闷头带完第二代继续带第三代,唯一的寄托就是吃完晚饭去楼下跳广场舞?如果不会,还有什么可能性吗?会继续美丽,继续做自己喜欢的事情,继续向往诗和远方吗?

哪怕有一次,可以主动向命运说"不"吗?

本来想收录十篇这种非虚构故事,可惜寻觅半年,符合条件的寥寥无几。然而选篇标准却在一次次碰壁和放弃中愈发明晰和坚定:

首先,主角一定是一位普通女性。选择"放弃高薪去日本学烘焙然后开个小店""卖掉北京的豪宅去南方承包一座山"的,虽然也很令人敬佩,但不属于"为自己活一次",而是"按自己的意愿过一生"。这完全是另一个维度的人生。

其次,主角之前的人生,一定是有"按部就班"属性的。什么是按部就班呢?幼年有学上,成年结婚生子,行为符合"贤妻良母"的听话模式,并且过着还算安稳的平淡生活。

最后,主角的选择一定没有"倾家荡产"的物质代价。有的人是开车远行,有的是坚持写作,有的追星,有的只是想要一个自己喜欢的名字。这些都是满足自己精神生活需求的方式。绑定甚至损害家人的物质利益,对目前大多数中国女性来讲,根本不是一个选项。

总的来说,是典型的"好女人""好女孩",命运没有太突兀的大起大落,勤勤恳恳履行社会赋予自己的职责。在那些不是"家庭工具人"的时间,她们找到了自己对自己的肯定和愉悦来源。

本着宁缺毋滥的原则,有了这本小书。"错了就改,对了就继续往前走。不要在自己快耗尽的时候,才选择了自由。"

希望你即使到了人生的下半场,也勇敢活出自己。起码,为自己活一次。

目录

五十六岁女人的一次『逃离』——001

一个叫『招娣』的女孩,下定决心去改名——031

一位农妇在快手上写诗:和树生活在一起不知有多苦——059

一个心理咨询师在五十六岁那年成为王一博的妈妈粉——083

高考落榜十年后,我从深圳流水线女工做到纽约高薪程序员——115

附录一:阅读清单——134

附录二:愿望清单——144

五十六岁女人的一次『逃离』

五十六岁女人的一次『逃离』
作者：极昼工作室 殷盛琳

摘要

当一位二十世纪六〇年代出生的普通女性走入婚姻,某种意义上是在进行一场豪赌。五十六岁的苏敏实在不属于幸运的那个。她回头观望自己的人生,判断这场持续了三十多年的婚姻就像"从一个隧道进入另一个隧道",昏暗、无声、压抑。

在二〇二〇年的某一个时刻,她下定决心要为自己活一次:离开家庭,开车自驾游去。

她说,"阿姨最难的时候已经过去了":生小孩,把女儿抚养长大,看着她结婚,有了自己的小孩,再看顾外孙到上学的年龄。她已经履行完社会意义上的所有母职。五十岁时,月经从身体里消失了,记忆的衰退和皱纹一起加速闯进生命,她觉得自己不能再等了。

这一次,她绝不含糊,年龄、婚姻、金钱、家庭,都没能阻碍她——此时此刻,就要出门去。

01 蓄谋已久的逃离

苏敏从来没想过自己有一天能够这样自由自在。

她终于夺回了这辆靠在超市打工两年买来的大众白色Polo,不用担心会被丈夫突然拿走车钥匙;副驾上终于没有喋喋不休的说教;连吃饭也可以按照自己的想法来了:以前为了照顾丈夫的口味,炒菜都很清淡,现在她酣畅淋漓地往锅里加辣椒,辣椒炒肉,辣椒炒鸡蛋,清炒辣椒,吃到鼻尖冒汗。

二〇二〇年九月二十三日上午,她驶出地下车库,女儿的身影逐渐消失在后视镜里。往前,开出小区院门,混入主街的车流,再上高速,她越开越快,直至离开郑州地界。苏敏暂时不再是妻子、妈妈、女儿、外婆,只是一名普通"游客"。

在她人生的前半程,"忍耐"是一以贯之的主题。小时候,两个弟弟在西藏昌都的山坡上往下滑,她得忍住同样放纵的冲动,任务是帮弟弟们清洗弄脏的裤子;年轻时,面对丈夫的暴力与冷漠,她为了女儿有个完整的家庭继续忍耐;女儿大学毕业要找对象,为了不让女儿难堪,她又忍下来;两个外孙出生,她要照顾孩子的孩子,还得忍下去。

直到二〇一九年冬天的某一个下午,她密不透风的人生迎来了一个休止符。那天她一如既往地上网查找穿越小说,不知怎么点进去一个链接,是一位博主在分享自驾游经历。苏敏瞬间被击中:居然还有这样的选项?

苏敏觉得自己也可以。她当即告诉了女儿,女儿看了一眼视频,以为她只是开玩笑,和她讲,你这不定啥时候才能出去。女儿生下一对双胞胎，需要苏敏帮忙看孩子。但苏敏这次目标坚定，"我说，明年小孩儿一上幼儿园我就走"。

为了离开的这一刻，她默默准备了接近一年。表面上，她还是那个操持家务的好外婆，实则暗度陈仓：照看外孙的间隙，她在网络上查找自驾游的攻略，看到有用的装备就一点点加进淘宝购物车，大到帐篷、储物柜、冰箱，小到锅碗瓢盆、柴米油盐。

为了赚取路费，她开始偷偷录短视频。白天"偷偷摸摸"地拍一些素材，做菜的，擀面条的，做辣椒酱的，晚上趁大家都休息了，再偷偷剪辑发布。不能被丈夫知道，不然肯定会招来讽刺，也不好意思被女儿女婿见到。

苏敏从没那么盼望过一个春天，二〇二〇年三月是约定好送外孙上幼儿园的时间。不料一场疫情蔓延全国，幼儿园延迟入学，苏敏也不得不困守在家里。

"看看还出去不。"丈夫有点幸灾乐祸的意味。苏敏无心跟他争辩，继续往购物车里装东西。

九月，终于把两个外孙送进了幼儿园，苏敏觉得自己的"任务完成了"，她告诉女儿，孩子最难带的时候我都给你们带过来了，以后我要出去玩。女儿担心苏敏的安全问题，但她用行动证明了自己的决心：直接下单了放进购物车里的装备。

快递一件件送到家里，丈夫有点慌了。"我要是走了，他得从女儿家搬走，没有人给他做饭了。"苏敏说。丈夫想了很多种方式阻止她，先用最惯常的打压法。帐篷在车顶上安装好了，丈夫说："这个钱扔得好可惜，要不了两天你就不住了，你啥事儿都是新鲜一时。"后来他甚至想拔出车里的ETC卡，被女婿斥责才作罢。

苏敏心里认定了，这次自己非走不可，没有转圜的可能。"我不能再这样生活下去。"

现在,游客苏敏的车里塞得满满当当:后备厢里装着食物、便携式煤气罐、水、锅碗瓢盆,后排座位上挤着行李箱,里面有羊绒大衣和秋裤——她打定主意秋冬天也不回来了。还有小冰箱、太阳能蓄电池,甚至带上了无线路由器,充了半年的网费。

她一路从郑州开到小浪底,三门峡,又跑到西安住了一周。她从不走夜路,到了傍晚就找地方停车,花大概半个小时的时间搭好帐篷,晚上就睡在车顶。一路上,她住过空空荡荡的停车场、免费的房车露营地,还在高速服务站短暂停留过一晚。最开始她还害怕路人围观,吃饭要躲起来,后来慢慢习惯了各种目光,搭帐篷、收梯子,"动作如行云流水"。

从西安往成都的途中,要绕过秦岭,那里的险峻令驾驶经验丰富的司机都恐惧。苏敏在山里绕了八九个小时,一路上只见到两辆车,但恐惧、孤独完全不存在,她只觉得自由。

当天中午,秦岭雾气缭绕,能见度不足二百米,苏敏停下车待了会儿。风也是自由的风,她拍了一个小视频发到家庭群里:"你看这个路多陡,这个山多漂亮。"只有女儿回复,让她注意安全。

我见到苏敏时,她已经到达成都。她比我想象中要瘦小许多,一米五多点的个头,扎马尾,穿一件亚麻色的卫衣,显得轻盈爽快。

苏敏出来后的这一个月,一共驾驶了一千多公里,加了五次油,驾照因各种意外被扣了九分,但也同时拥有了结婚后这些年来最多的笑容。

或许在女儿看来,这个决定有些草率,但只有苏敏知道,自己是"真的承受不住了"。

02 和他在一起就是压力、压力、压力

我和苏敏一起进行了四天的自驾,从成都到宜宾,再抵达云南。

这一路,苏敏尽可能地节约开销,能在服务区打水绝不自费,吃饭大部分也是自己做。在景区看见喜欢的纪念品,她把玩很久,还是选择放下。连洗澡都能找到最省钱的方式:在大众点评上找澡堂的团购,十几块钱能洗一回。

出发前她攒够了两万,光买物资就花去一万二,好在每月两千多块钱的退休金还发着,目前卡里剩下一万多块钱,她不敢动,"就剩这么多钱了,怕出点啥事(需

要急用)"。

她很少走高速,因为ETC卡绑定的是丈夫的银行卡,按照她对丈夫的了解,如果刷的金额高于一百块,自己一定会被骂。以前她开车跑多了路程,如果是丈夫加的油,她也会主动转给对方一些钱。

苏敏告诉我,结婚三十多年,她了解丈夫不吃辣,爱钓鱼更爱吃鱼,了解他打开电视始终在体育频道和新闻频道之间切换,最大的兴趣是哪个地方又打仗了,了解他的心脏病和高血压,也了解他靠乒乓球比赛赢得了多少个水杯,却从来无法探知他的内心。

大多数时候,两个人像是活在平行世界:小时候带女儿去逛街,母女俩走在前面,丈夫一个人走在后;女儿上初三寄宿后,两个人就分房睡。听到丈夫关门离开的声音后,她才拥有沙发、电视的使用权,才能看自己喜欢的电视剧。

再后来，女儿读完大学回来，结婚生小孩后，两个人不得不住一间房子，苏敏和丈夫干脆买了上下铺。她睡上面，丈夫睡下面，晚上两个人戴上耳机，各玩各的手机。衣服、鞋子从来都是分开摆。有段时间，苏敏甚至想买个床帘隔开，怕女婿觉得自己家过于奇怪才放弃了。

在家里，苏敏不敢多说话。因为丈夫最大的乐趣就是挑刺，就连带外孙，丈夫都要挑出毛病来。她在外孙脸上亲一下，丈夫说，口水有毒。她逗小宝说，宝宝好黑啊，丈夫又说，怎么能这么说话呢？黑点是正常的。

"这个不能说，那个不能说。"苏敏觉得自己过得憋屈极了，"你在自己家说话都不自由。"

苏敏甚至能够根据丈夫的表情判断自己的处境：要发火前丈夫会"把眼一瞪"，那双相亲时曾经让她动心的大眼睛现在让她恐惧，"就是怕他发火打我"。苏敏说，丈夫发起火来会摔东西、打人，一拳头把她怼一边去。最严重的一回，她也气急了，不知从哪儿拉了个凳子，明明可以打到他的，结果有一瞬间的迟疑，把凳子摔到旁边，对方拿起来就往她背上砸，疼了好些天。

苏敏从小在西藏长大，性情耿直，有时候说话不经过大脑。为了少挨打，她尽量少在他面前说话。"和他生活在一起，就是压力、压力、压力。"

有一年苏敏同学聚会，大家正在餐厅里吃饭，丈夫突然推门进来，拉个板凳坐下，对大家说：对不住啊，她精神有点问题，以后同学会还是不要参加了。"他就是想让我觉得不好意思"，等丈夫自己觉得没趣离开后，她跟大家赔礼道歉。同学们有些看不过去，跟她说：你干脆离了，我们帮你找更好的。

苏敏笑一笑，没有接话。

苏敏心里一直有个疑问。有一回两个人吵完架，她实在没忍住，问丈夫：你不喜欢我是不是因为我长得不好看啊？可惜疑问并没有得到解答，丈夫只是说：你以为你长得多好看吗？

她也想过，和丈夫的关系这么糟糕，是不是因为自己生的是女孩？

结婚后的前两年，因为先前工作的化肥厂倒闭，苏敏做过一段时间的全职妈妈，住在丈夫单位的一居室宿舍里，三个人挤在一张床上。但她很快发现，丈夫精于算计，每月要给生活费的时候，就拉着她盘算上个月的钱都去哪儿了——每一笔花销都得找到依据、知道去处。苏敏觉得这对自己是种羞辱，买菜、做饭、洗衣、打扫卫生，周全一个家庭，难道还不够吗？给你的妻子和女儿花钱难道还要记账吗？

她不能接受这种"经济制裁"，开始自己打工赚钱。这些年来，她做过裁缝，扫过大街，当过服务员，送过报纸。一开始她想证明自己有赚钱的能力,想要获得丈夫的尊重,"硬的反抗不了,那只有软的反抗了"。

没想到那只是个开头,两个人后面变成了彻底的"AA制"婚姻。丈夫买菜,她才做饭;过节走亲戚,两个人各自买礼物。有一回,苏敏的妈妈得了病,她拿丈夫的医保卡买了药,对方第二天就改了密码。连女儿结婚的红包都是双份,各给各的,外孙过生日两个人也分别买礼物。

丈夫没有因此而更尊重她,金钱上的算计和分割让两个人的关系更加疏远。

苏敏和闺密一家做了十来年的邻居,她时常羡慕对方的婚姻:丈夫赚了钱都交给老婆,让她买衣服。"她的衣服可真多啊!"苏敏说,有时候她们俩一起去逛街,买了衣服回家,别人的丈夫换着花样夸,自己家那个半个月了还不知道你买了件新衣服——你不在人家心上,人家更不会把你放在眼里。

二〇一九年,苏敏查出中度抑郁。医生对她说,人的脑部有两条血管共同运行,一条是"长江",一条是"黄河",她这个黄河血管前端有点堵塞,脑部供血不足,所以经常感到头晕、头疼。最严重的时候,她在家里经常不自觉地流眼泪,开始吃治疗抑郁的药。

苏敏觉得之前那个疑问再也不会有答案了——她放弃了归因,不再对丈夫抱有任何虚无缥缈的期待。后来,她只觉得丈夫身上的气味让人"恶心";再后来,她觉得其他男性身上也有一样的气味,一样的腥臭、难闻。

03　嫁个好老公

车子开出去几百公里，苏敏才敢给母亲打出门后的第一个电话。她只说出门散散心，没提更具体的。

母亲的观念仍然停留在"家和万事兴"的层级，每次都劝苏敏说：好好过日子呗，你找了这样的人，孩子都有了你咋弄，还能不顾孩子？"我妈总说，他除了有点抠，心眼也不坏"，苏敏知道，在母亲眼里，老公没出轨没闹离婚，就感觉"日子还能过下去"。

她永远不会跟母亲说出口，三十岁之后，自己和丈夫基本上没有再同房过。

有时候她实在委屈，找母亲诉苦，母亲反而埋怨她：

"那个时候不叫你结婚,不叫你找这个人,你非要找,受苦受难都是你自己找的。"苏敏一直觉得自己没有达成母亲的期待,嫁个好老公。"好老公"是指,有钱的,有权的,能给家里帮上忙的。

也是,她心里想,这个丈夫是自己选择的,也的确怪不了别人。

十八岁前,苏敏在援藏家庭长大,直到父亲被突然内调回去。回乡之后的第二年,她进入父亲工作的化肥厂做了化验员。二十三岁时,苏敏迫切地想要进入婚姻。厂里的女孩大部分不到二十岁就结婚了,和她一样年龄的,孩子都一岁多了。她渐渐听到一些流言,有人说她从西藏回来的,架子大,眼光太挑剔。

更重要的是,她当时特别想逃离原生家庭。从小母亲对她管教严厉,如果不经同意,苏敏连头发都不敢随便剪。到了上班后,同龄的女孩都住在宿舍,下了班一起唱歌、玩闹，父亲却让自己必须回家住，不管多晚也要接回去。每月赚的工资要悉数上交——弟弟们还没工作，作为长姐，她要为家庭做贡献。

在她当时的判断里，结婚这件事就等同于"独立生活"，有自己的家庭，可以自由安排自己的时间、金钱。很快，她通过厂里一个中间人介绍，认识了现在的丈夫。结婚之前，他们只见过两面。苏敏如愿搬离了父母家，住进了员工宿舍。

自由没有持续太久，结婚当年她就怀了孕。她没有预料到，自己标准里"看得过眼"的丈夫、"符合要求"的婚姻会成为未来几十年最大的枷锁。

我们在山路里穿行，正经过黑暗的隧道，光亮持续了非常短暂的时间，我们再次浸没在黑暗里。苏敏突然笑了一下，有自嘲的意味，她说，自己从原生家庭走入婚姻就是这样的："从一条隧道进入另一条隧道。"

但是在女儿这里,她决不接受再将自己的悲剧重复一次。女儿小时候学习成绩比较差,毕业后成为文员,二十七岁才结婚,她也从来没催过,想让女儿自由自在的。

苏敏同样告诉女儿,要"找个好老公",含义却是完全不同的:一定要对女儿好,要体贴,自己要有赚钱的能力,家里有没有钱无所谓。

女儿怀了双胞胎后,就从原单位离职了,成了全职妈妈。生育后压力大,患有产后抑郁,经常对着女婿指责。人家一大早就出门了,中午在单位吃饭,晚上才回来,上了一天的班,女儿还乱发脾气,说女婿一天没看孩子了,该他看着了,自己就往沙发上一躺,开始玩手机。

每次看见女儿发火,苏敏就特别紧张:"我就感觉人家上了一天班,挣钱养活一家,你一天一分钱不挣,还那么厉害干啥？"

她看到老公那样子，就觉得男人都是一样，"害怕人家生气，你不挣钱，害怕人家瞧不起"。苏敏总觉得女儿的幸福不安稳，想等外孙长大一点，赶紧催着女儿找份工作，不再依赖丈夫。"我有点害怕，就把家里我能洗的，我能做的，全都给他干了。"

临走前，她还把女婿所有的鞋都拿出来刷了一遍。

为了女儿的尊严，她还要在女婿面前维持表面的和平友爱，做饭的时候会故意问两句：你爸爸想吃什么菜？今天回不回来吃？

"实际上我一点儿都不关心。"苏敏说。

出来这么久，老公一句话也没有问过。两个人非必要不"直联"，有事情就在家庭群里沟通。前一阵子，老公突然在群里发了一张高铁票，苏敏点开来看，发现他回老家了。苏敏有点得意，"以前他回老家都是开我的车",现在车子老公再也开不着了。但她还是没忍住,发微信给女儿:你爸爸回老家干什么去了?

04 都是钱的问题

漫长的、孤独压抑的三十年婚姻过去了，苏敏始终没有下决心离婚。起初，她强调的原因是，为了让女儿有个完整的家，结婚时不至于被婆家瞧不起。聊到最后，她又说，那只是能拿得上台面的、大家都能接受的理由。

实际上，她有太多现实的考量。某种程度上，她在这个家"一无所有"，房子是老公的，车子写的是女儿的名字。"你想想，要是离了婚，万一要搬出去，你要找个房子多少钱？一个月就那点工资，吃了饭还有什么钱呢？"另外，孩子怎么办？该回哪个家呢？不是给女儿找麻烦吗？离了婚之后再找？又何必呢？

出发的时候,她想过,这次体验一下,离开彼此是不是能过得更好,心情是不是更加平静。如果觉得这样都挺好,那就分开;如果觉得还需要彼此,那就将就下去。

她认为,无论如何,一个完整的家庭都是"正确"的象征。"我不忍心因为自己的一时错误组建了这个家庭,再因为自己的错误把它打散。""他在那摆设就摆设,最起码我有个完整的家。"

最重要的是,"阿姨最难的时候已经过去了",她说,这一辈子最难的时候就是一边要照顾女儿,一边还要打工。现在孩子这么大了,日子比年轻时候好过多了,为啥不能过下去?不管怎样,自己还买了个车子,能自驾游。

她觉得老公也是基于同样现实的考量:他现在一身病,高血糖、高血压、心脏病,谁愿意跟他呢?如果再找个农村的,人家还得要钱,哪去找我这样跟他AA制还愿意过日子的?

更讽刺的是,很多年前,县里的结婚档案丢失过一次。二十世纪八〇年代结婚时,民政局只是手动记录,还没有电子存档。如果真的想离婚,还得先重新办一张结婚证。

两个人只有在家庭大事上才会放下"恩怨",以家人的形象出现。丈夫在大事发生的时候还是靠得住的,父亲去世的时候,他会帮着去操持,之前自己办理退休,他也找了关系从中周旋。

问到婚姻里甜美的时刻,苏敏呆坐了许久,把自己二十三岁之后的人生从脑海里过了一遍,觉得那样的瞬间大概发生在三十年前。她生完女儿到丈夫家坐月子,吃不到什么肉,"后来我就说,你们家养这么多鸡,也不给我弄一只吃。也不知道他咋想的,说也对哈,就跟他妈说，把鸡杀一个吧"。那是老公唯一一次心疼她，专门做了一个弹弓，把鸡从树上打下来，给她炖了汤。

后面的婚姻乏味、压抑，苏敏也从没想过换个丈夫。遇到能说说话的，聊几句没下文了。形象好的，最多就暗暗觉得人家挺帅，也就到此为止了。她笃定每个人的婚姻都存在问题，美好的爱情只能发生在电视剧里，她从《继承者们》看到《来自星星的你》，从王凯看到靳东，觉得虚幻的故事最美好。"我们那个年代相亲的多，真正有爱的很少，所以比较喜欢那种很有爱的男人。"

天色暗下来，我们决定到高速公路服务区过夜。南方夜里雾气蒙蒙，临近三点仍有卡车轰隆隆呼啸而过。苏敏在帐篷里辗转反侧，突然坐起来，说自己胸口闷痛，有股难以名状的拉坠感，用拳头轻轻捶了好半天，才抱着一只猴子玩偶睡去。玩偶本来是女儿买给外孙的，她喜欢，就一直放在了自己的上铺床头，出来的时候她怕自己夜里睡得不安稳，特意带上。

第二天她告诉我，自己几天前接到了弟弟的电话，催着她还钱。爸爸去世后，留下几万块钱的安葬费，当时她正好急需用钱，就挪用了两万五。弟弟觉得爸爸去世前他照顾得最多，安葬费应该全归他。前几天弟弟从闺密那里知道了自己出来旅游的消息，气坏了，打电话来跟她闹，要跟她断绝关系："你有钱出去自驾游，没钱还给我？"

旅行似乎只是从一种日常走向另一种日常。我们在蜀山竹海遇见两位退休的男性公务员，结伴同行。像她这样独自旅行的中年女性并不多见。别人问她：你家那口子怎么不出来呀？苏敏走在他们前头的台阶上，头都没有回：在家打乒乓球呢，我俩爱好不一样。

05 往南方去

自驾游之前,苏敏生活的空隙靠穿越小说填补。她最喜欢看医生穿越,本来不怎么起眼的人,到了另一个时空里就是神医,可以主宰自己的命运。她语调轻快地说,如果自己也可以穿越时空的话,仍然愿意进入一段婚姻,但要找一个自己喜欢的,"不像这辈子一样,起码要考察,他是不是会对我好"。

在苏敏的记忆里,这辈子最接近爱情的时刻是在高中。爸爸战友的儿子给她写了一封情书,夹在课本里。苏敏看见吓坏了,马上跑到办公室交给了老师,男生因为这事还挨了个处分。对方当时很生气,不再理她。"他受处分我也吓坏了,我好久不敢看他。"苏敏说,毕业之后两个人再也没有联系。

再次见面是三十年以后。几个同学约在一起喝酒,其中有他。当时苏敏正想帮女儿办考试的事情,知道男生在西藏有资源,随口问了问能不能帮忙。对方一口答应下来。她转头忘掉了这回事,直到半年后收到男生寄来的所有文件。"我以为人家当时就是随口一说。"

桌上的火锅热气缭绕,她忽然放下筷子,用一种十分天真的语气问我:"你说,他是不是还在喜欢我啊?"

起初,苏敏只觉得丈夫可恨,出来自驾游后居然对他生出一丝怜悯来:她还能跑出来自由自在,丈夫的身体状况似乎已经不允许他瞎折腾了,前两周还去医院住了几天调养。她和女儿关系紧密,女儿小时候没少看他打人,长大后对他的态度疏离。

她想到丈夫打开电视,一个人深陷在沙发里观看新闻频道的样子,有一丝稍纵即逝的好奇:可能他并不是真的喜欢看,而是去打球的时候,钓鱼的时候,需要和别人有共同话题可以聊?

不过,她觉得这些都不重要了,时间消磨了太多东西,两个人已经错失了通往彼此的路径。这次苏敏打算"为自己好好活",就算拥有几百万的财富或者可以再次选择婚姻的机会,她都不想再折腾了。此时此刻就是最自由的时候——从繁重的母职中解脱,不必再经营假装存在的亲密关系,不必再取悦他人——甚至比"第二自由的时候"还要快乐:很小的时候,在西藏,她和伙伴们到山沟里去摘野果子,天空高远辽阔。吃完回去无事可做,可以再玩几局"跳房子"。

苏敏把旅行的视频发在了短视频平台上,不知道被什么人转发,突然涨了几千粉丝。后来她才知道,那条视频正好赶上了热点:一些中老年女性卷入了"假靳东"

骗局，大家突然对她们的爱情感兴趣起来。

不止一位女性给她留言：羡慕你还会开车，我们想出去也没有能力。她们分散在中国的乡村、城镇，是别人的妻子、妈妈、女儿，逃离不开，只能继续忍耐着。

我们在云南昭通的古城里告别时，苏敏告诫我对待感情要慎重。"不要像阿姨一样那么不负责任地选择爱情，"爱情这个词说出口的瞬间，她愣了一下，眼神有片刻的虚焦，"不，不是爱情，"她纠正自己，"只有婚姻。"

接下来，她想先去昆明，再去丽江、大理，在洱海边露营，听着鸟鸣入睡。最后去海南过年。女婿本来想让她赶在过年前回家，但苏敏"不想给大家干活了"。

她还没有想好归期，也没有想过将来，能确定的似乎只有方向：她要开着自己的小Polo，一路往温暖的南方去。

一个叫『招娣』的女孩，
一个叫『招娣』的女孩，
一个叫『招娣』的女孩，
一个叫『招娣』的女孩，
一个叫『招娣』的女孩，
一个叫『招娣』的女孩，
一个叫『招娣』的女孩，下定决心去改名
一个叫『招娣』的女孩，下定决心去改名
一个叫『招娣』的女孩，下定决心去改名
下定决心去改名
下定决心去改名
下定决心去改名
下定决心去改名
下定决心去改名
下定决心去改名

一个叫『招娣』的女孩，下定决心去改名
采访、撰文：邹文华　编辑：黄臻曜

摘要

"招娣",即招弟。全国还有至少 16557 个名叫"招娣"的女孩。

这是一个叫"招娣"的女孩，历经重重阻挠去改名的故事。

"招娣"是重男轻女的奶奶随口给起的。户口登记的那一刻，六岁的她就在一旁，却不知道，在她接下来的近二十年人生中，这个名字意味着无尽的嘲讽、屈辱和被嫌弃。懂事后的她，无法开口跟别人介绍自己，也变得敏感、自卑、不善交际。

原本以为这个名字要跟自己一辈子了，直到看到微博上一个博主的一句话，她说很讨厌这样的名字，也恨那些还叫着这些名字的女孩，厌恶那些宁愿忍受屈辱，让这样的名字跟随自己一生的女孩，因为她们逆来顺受，不懂得为自己争取……

屏着一股气，她决心豁出去为自己努力争一次。

改名之旅处处受阻，父母的阻挠、户籍管理人员的不理解、因不合规被拒……她不认命，继续为自己争，耗时三个月，穷尽各种办法后，二〇一八年七月二十二号，二十五岁的她终于改掉了自己的名字。

她的新名字，叫芊。葱葱郁郁、平和自然。她终于可以坦然地向人介绍自己的新名字，她也变得更坚定、无畏，清晰地知道自己想要什么。

芊说："几乎可以认定，改名，是我二十五岁做的最有意义的一件事。"

她将自己的改名攻略写在了网上，影响了更多的人。每次收到成功反馈，她都特别开心，并由衷地跟那些女孩说一句：祝你从此拥有崭新的人生。在姓名系统，仅搜索李、王、刘、张、陈这几家大姓，就能发现，名叫"招娣"的女孩，有一万六千五百五十七人。

希望"招娣"这样的名字消失，希望每个女孩都能拥有自己的姓名和充满祝福的人生。

以下是芊的自述——

01 我是被"分类"出去的那一个

我叫招娣,一九九三年出生在皖南的农村。没错,我确实有一个弟弟。

其实生完我哥,妈妈也结扎了,但是没有扎紧,怀上了我。外婆说,这个孩子这样都能来到你身边,说明是上天注定。我妈说为了躲二胎惩罚,我两个月大的时候,把我抱给了我外公外婆。他们只有我妈一个孩子,其他五个小孩都夭折了,抱给他们养,也让他们感觉热闹一点。

后来得知我妈是独生女,可以生二胎。紧接着,在"女儿早晚都是好了别人"以及多子多福的鼓励下,第二年,我弟弟也出生了。

我在外婆家一"躲"就是六年,外婆用米粉和米汤糊把我养大。

外婆家在小山村,童年的夏夜,乡下有特别多的萤火虫,我跟外婆一起扑萤火虫。外公还会带着我一起逛茶馆……有很多这样细碎美好的回忆。我经常想,如果能穿越时光,我想要回到跟外公外婆生活在一起的小时候。

我的小名叫尼姑,我妈说这是个很亲切的昵称,邻居家的女儿也叫这个。六岁那年,该回家上学了。我们那儿上户口是在临上小学前。我清楚地记得,那天傍晚,村里那个大姐到我家来登记户籍信息,我奶奶报的,名字也是她取的——招娣。她的解释是,"古代做大官的,人家的老婆都叫这个名字"。

我叫招娣的逻辑跟别人不太一样。奶奶并不是因为还想要男孩（那会儿我弟弟都五岁了），就是纯粹的重男轻女，不管家里有没有男孩，你作为女孩就是不受欢迎的。

其实上学前，爸爸给我取名"倩"。爸妈从我上小学到高中，一直在外面打工。那会儿，我家没有装电话，还得去别人家接爸妈的电话，一个月也就打来一次。父母过年才会回家，有时一年下来，我们可能都不认识他们了。

如果报名那天，我爸妈在家，我就不会叫这个名字了，至少是叫"倩"。

后来我爸因为"招娣"这个名字，也当面责怪过我奶奶。但他只是希望我有一个升官发财的"好"名字，并没有意识到这个名字是重男轻女的象征，是给女孩子贴上"你不配拥有姓名"的标签。

不知道你看过《请回答1988》没有，我对德善的经历特别感同身受。她家煤气泄漏，父母把她的弟弟、姐姐都拖出来了，但是把她忘在了最后。她有点"爹不疼娘不爱"，生日蛋糕都要凑合着跟姐姐一起吃，衣服也要穿姐姐旧的。

爷爷奶奶对我就是这样。奶奶身体弱，干不了什么重活儿，一直待在家里，性格也有点闷闷的，对我很冷漠。

我小时候跟奶奶睡一张床。她睡床头，我睡床尾，她睡里面，我睡外面。夏天很热，她不爱吹电风扇，起床又比较早，起来后就会立马把电风扇关掉。回想起来，外婆会一整晚都为我扇扇子，怕我热着，但是奶奶从来都不会在意我是冷是热。

有段时间，她不喜欢我爷爷，她就会把我的衣服跟我爷爷的衣服放在一个盆里洗，而她的衣服跟哥哥和弟弟的放在一起。爷爷干重体力活，衣服上很多汗。我不是介意脏不脏,而是感觉到在家里面,爷爷不受她待见,我也是不受她待见的人,被分类了。从那之后,我都自己洗衣服了。

我奶奶老是疑神疑鬼,比如说家里面什么东西丢了,她会第一时间怀疑是我偷的。我弟有点喜欢挑拨离间。有一次走在前面,他自己摔倒了,跟我奶奶告状,说我推了他。我奶奶立刻扭头把我臭骂一顿,完全不听我解释。

我们小时候也会因为抢零食打架。我弟特别霸道,我去捡我妈送给我们仨的糖果,其实我是给他捡起来,我弟以为我要抢他的东西,立刻从厨房拿了一把刀,把我的手砍出血了。到现在我的手指中间还有一道疤。那时候他才六七岁吧。

我爸是最宠我弟弟的,因为是他最小的儿子。我弟都上大学了,买火车票这种事情,我爸爸都想让我帮弟弟处理好。我爸妈一直在福建打工，我从小学直到高中毕业，只去过他们那里一次，但是我弟每个暑假都会去。所以在整个成长的过程中，只有我是父爱母爱缺失最多的，我哥至少在六七岁前还享受过。

在奶奶面前，我好像还真的没有向她表示过，你为什么要给我取这样的名字，我很恨你啊之类。当然了，我奶奶对我也没什么内疚感，她不会关注到我的感受的。

因为奶奶老是偏心，小时候我会跟她犟，跟她吵。一到周末我就去外婆家，第二天上学了才会回来。我小时候，小学、初中都是两边跑的。后来我上了当地最好的高中，可能是住校了，也可能是觉得我有出息了，我发现奶奶反而没那么重男轻女了。

02 我无法开口跟别人介绍自己叫什么

我上学第一年,外婆很舍不得,经常去看我。每次她走的时候,我都会追出去,说我不要上学,我要回家,这里不是我家。放学的时候排着队出校门,大家都会看到一个小女孩,哭得稀里哗啦地从校门口出来。

第一次觉得我的名字好像不那么好,是在五年级还是六年级。外面的人来宣传防疫,一个个点名,念到我的名字的时候,笑了,老师也跟着笑了。他们具体说了什么,我记得不很清楚,只记得那一瞬间,我脸涨得通红……

在这之前,同学也经常会说"你弟弟是不是你招来的"这种话，但是我那时候自我意识没那么强，没有觉得特别丢脸。小学有点被孤立，不完全是因为这个名字，而是因为我是留守儿童，还没有接受过启蒙教育，连自己名字的意思都不知道，显得人特别傻，特别迟钝。那时候老师喜欢成绩好的，笨的就被老师打骂，所以小学会被一些学习成绩好的同学孤立，不和我玩。

上了初中之后，有了很多陌生的同学。点名的时候，新同学会笑，是会让我直接看到的笑。老师不但不制止，还会拿这个名字打趣。当时有一个特别顽皮的同桌，男孩子，多动症一样，他会嘲笑我，在教室里很大声地叫我的名字。所以我那时候变得特别自卑，不爱说话。

办公室有个老师很喜欢我，问我叫什么名字，反复问了很多遍，我都装傻充愣。我就是很难跟别人介绍自己，无法开口。一般来说，一个新环境，你连自我介绍都不敢的话，初次交流就给别人留下不好的印象了。

我觉得我就是这样变得自卑、敏感，最后成了一个不善交际的人。

我责怪父母，因为他们的不上心，才让我有了这么个难听的名字；加上他们一直在外面，忽视我们的成长，我从初中开始，变得有点叛逆。虽然在家里的时间不多，但我和我爸的关系一直搞不好，因为他和我沟通，从来都是用暴力的语言。

初中的时候，因为一件事我不吃饭，坚决不吃，我爸强行要我吃，我就更加坚决不吃。有时候学习到深夜，他让我睡，我偏不睡，他就在楼下喊，还不快去睡，浪费我的电，我偏不睡。

我经常要求我爸帮我改名，但他听我在村委会做主任的伯伯说，他给他孙子改名字都改不了，所以我爸感觉改名字是完全不可能的事情。当然，他也没有特地去派出所问过。一边责怪我奶奶，一边又没有实际行动，还表现得无可奈何，他一直就是这种态度。

从小学五六年级开始，我变得特别用心学习，因为我觉得用心学习才会受到父母和爷爷奶奶的关注，受到同学、老师的尊重。如果你成绩差，名字还这么难听，就活该被取笑。那时候我心里有个愿望，希望过年的时候得到父母的肯定，能够改掉这个名字。

03 曾以为这个名字真要跟我一辈子了

大学时期,同学来自全省甚至全国,在这样一个新环境下,自尊心更强,爱美意识也会更强一些。我很怕自我介绍,不敢说自己的名字,甚至是面对对我有好感的男生。

大一那会儿,有电脑了,在网上看到有人改名成功,就想试一试,而且十八岁了,满足独立改名的条件了。

大一那个暑假,我拿着一些从网上下载的改名证明,跑到我们镇上的派出所,还提前在手机上下载了相关法律条文读给派出所的人听,说一个成年人一生可以改一次名字。

派出所里的那些人,看我一个小姑娘站在那里读这个,还偷偷笑我。我找到负责我们区域户籍的人,是一个中年男子。他拉扯半天,说你这个名字很难改,会影响毕业证,然后上面还要层层审批,特别麻烦。最可笑的是,他跟我说,他自己看的哪部小说里面,一个女主角还叫这个名字呢,这个名字挺好的。他一边说一边在手机上划拉,找这部小说。

就这样耗了一个多小时,他始终无动于衷,在办公室里泡着茶,优哉游哉。我当时感觉我到这里不是办事的,是来跟他抬杠的。

我以为这个名字真的要跟我一辈子了。

既然改不了,只好自我安慰。每次自我介绍前,在心里打很多腹稿:"我叫招娣,对,我确实有个弟弟……"有一点自我调侃,但不是我真的放下了,而是我觉得既然改不掉,那还不如自我调侃一下。

我在大学谈了人生中第一次恋爱。

他是我大学室友的高中同学。虽然我一再隐瞒,但他还是从室友那儿知道了我的名字,我心里的防线一下子被他打破了。后来,他给我很多疏导,让我觉得名字难听也没有那么重要。

在我看来,要想建立深层次的连接,能够和对方说一些心里话,第一关,就是我能够正视这个名字。这也是我这一段恋爱开始的原因。

毕业后,我和男朋友都到了杭州工作。当然了,我男朋友也一直觉得我的名字不好听。这个一直跟随着自己的名字,就像一个烙印,时刻提醒自己也提醒别人:这个女孩家里一定重男轻女吧。

04 我恨自己没有为自己认真争取过

彻底下定决心要改名的那段时间,我经常深夜躺在床上,在微博上一遍一遍地搜"招娣"之类的关键词,看一些别人的经历。有天我搜到一个博主,她说她很讨厌这样的名字,她也很恨那些还叫着这些名字的女孩,厌恶那些宁愿忍受屈辱,让这样的名字跟随自己一生的女孩,因为她们逆来顺受,不懂得为自己争取……

当时看完眼泪止不住地流,我恨自己没有为自己认真争取过一回。

这些话让我始终屏着一股气,就是要去努力一次,再去尝试一次。

办理落户杭州手续时，发现有人在改自己的年龄，我就问了一句："年龄可以改，那名字是不是也可以改？""你符合规定就可以改。"一下子，内心的希望就被重新点燃了。回去我就查浙江省的改名条例，学了很多很详细的改名技巧。

告诉父母，他们第一反应还是反对。从上学到现在，他们生怕我因为改名，影响了我的毕业证，影响我找工作，也怕我得罪派出所……我妈一直劝我，名字只是个代号而已，让我跟别人解释，说这个名字不是要我招一个弟弟……我为什么要跟人家解释这些？别人看你的名字就是会给你贴这些标签，你解释有什么意义呢？

因为有改掉的希望，父母还这样阻挠我，我很生气。我在家族群里放话：你们没尽到做父母的义务还阻拦我，别怪我怨恨你们一辈子。

大概看到了我的决心，他们不再言语。

第一次去派出所提交申请的时候，是工作日，没多少人，心想杭州政府的办事效率高，应该会挺顺利的吧，很期待。

我把自己手写的两页改名申请，通过窗口交给了工作人员，接待我的是一位大概三十出头的女民警。她认真看了一下，没说什么，提交了。我心里松了一口气，这次往上报了，看来有戏。

没两天，接到电话，申请被拒。当时就蒙了，怎么可能？"为什么改不了？为什么被拒？我明明很符合条例……"之前接待我的那位女民警说，上面不受理，我这个不符合规定，他们也没办法。

仍然不甘心。一直在网上各种搜索，网友尝试过的方法，只要能尝试的，我都要去尝试一下。多次致电派出所沟通无果，我决定再去一趟。

这次我是带着目的去的。我想要说服他们，想让他们站在我的角度思考:"如果这样一个名字跟着你一生,你是怎么样的感受?"还是找到了上次那位女民警,想要打动她,让她帮我再争取争取。虽然她的态度不太耐烦,但是从她口中得知,伤及本人情感,对本人造成不良心理影响的,需要出示证明。

医院就在附近,走过去二十分钟。那天下着瓢泼大雨,走在路上,我心想:就算遇到再大的阻拦,都要试一试。

医院是杭州有名的三甲医院,人潮拥挤。顾不上吃饭,我排了一个小时队,挂了个精神科的号。

医生比较精瘦,戴一副金丝边眼镜。我说,因为这个名字很自卑,没办法跟人做自我介绍……他盯着我,问:"你不觉得你有点小题大做了?"

这个人完全不懂我,他就觉得我很矫情,没事找事……但我还想挣扎一下:"能不能给我开一个证明?派出所说需要一个这样的证明。""不可能。"他边说边把我的医保卡拿去狠狠刷了一下,刷完,甩给我一张心理咨询的名片。全程不到三分钟。

我出了科室,站在那里,看着来来往往的人群,不知所措……难道我就这样认命了吗?

我偏不。

接下来,我还是在网上不断搜索可以尝试的方法。市长热线打了十几遍,找到做决策的公安分局的电话,拨过去……得到的都是那套"不合条例"的话术。

最后,最有用的还是写信。一稿多投。甚至投到了上城区区长的信箱。

过了两天,接到了公安分局的电话,对方说,我们局长,想要找你聊一聊。

看到曙光了。

我找了个中午的时间过去,在公安分局旁边一家不起眼的小店，吃了碗面。店里挂了一幅好看的书法字：食美味洁。当时满怀期待，拍下了照片。

一开始是一个中年女性工作人员带着我，她把我的信打印出来，说："这收到一封，这又有一封……"感觉对我有点无可奈何。她带我去到另外一个窗口，有摄像头，让我坐正了，眼前接待我的应该就是局长了。四十五六岁的样子，不胖不瘦，有一点点秃头，看起来面相很温和，讲起话来也慢条斯理的。

他起初也是想要劝我，说这个名字不符合改名条例，且无伤大雅，改的话，就会有很多很多的麻烦。

我说，从小到大因为名字受到了很多不好的影响，我的人生带着这样一个名字，有一种屈辱感，无法开始真正的生活。我还说了一些比较实际的情况，马上要考驾照，还要在杭州买房，以后要改的东西还更多、更麻烦。最后我表示，不管怎么样，我一定要改掉。

他看我态度还挺坚定，慢慢好像也能理解了。又看了一下我的个人信息，问我做什么工作，什么学历。因为我当时是杭州市作为人才引进落户的，他可能觉得我这个女孩子还不错，会有一个很好的未来。

聊着聊着，他说，你可以改，但是要提供一些资料。后面，他又把公安局这么慎重对待改名的原因，跟我解释了一下。他是第一个认真给我解释的人。

终于，耗时三个月，四五十通电话，接触了十几个人之后，二〇一八年七月二十二号，我的名字改掉了。

出来之后，就觉得眼睛里放光，走到路上看一切都是特别的美好。对，就是觉得自己的人生迎来了一个高光时刻。觉得来杭州是一个很正确的选择。

我终于解开了二十多年的心结，不再被名字困扰，不再因此自卑；我可以坦然地向人介绍我的新名字；我接下来的人生不会再因名字被人贴上不好的标签；我努力排除万难做到了自己想做的事情；我变得更坚定、无畏，清晰地知道自己想要什么。

我几乎可以认定，改名，是我二十五岁做的最有意义的一件事。

05 祝你从此拥有崭新的人生

我的新名,单名一个"芊"字。

从小到大一直有改名的愿望,但是我从来没有认认真真去想过新名字,突然有这个权利了,反反复复想了一个月。

在《诗经》上找名字,在网上给名字评分。爸爸也给我取了一些,但我都觉得没有自己取的好。

"芊"这个字,一来保持我们家兄弟姐妹单名的一致性,二来这个字寓意旺盛的生命力,也有平和自然的象征。在我看来是个有灵气,有着美好寓意的名字,也是我对自己人生的期许。

我把新的身份证发到家族群里，父母也为我开心。我能够感觉到我改完名字之后，他们对我有了一个全新的认识，觉得我还挺厉害的。本来他们认为这是一件不可能完成的事情。

这几年，在我坚持不懈地转发各种批判重男轻女、关注留守儿童文章的"洗脑"下，父母的思想慢慢有了一点转变。我也一直跟他们说，我以后也会给他们养老。

最近我在杭州买房，父母掏空了养老金来支持我。不管算不算补偿，但我心存温暖和感激，也学会体谅他们了。

我奶奶，在她去世的时候，我就不怪她了。我能理解她作为一个农村文盲老太太，思想上的局限性。

没有必要一直去怨恨，因为事情已经发生了。对我来说，名字改掉了就解决了。我现在想的是，以后不能这样对待我自己的孩子，以及希望在我力所能及的范围之内，帮助跟我有类似经历的女孩子。

我一直喜欢看一些关注女性成长、发展的书，包括我选大学，第一志愿选的也是中华女子学院。我当时的心愿就是，以后要为农村地区的女孩子，特别是留守儿童，做一些事情。

在这里我分享我的故事，初心就是希望"招娣"这样的名字消失，希望每个女孩子都能拥有自己的名字，而不是为了迎接弟弟的出生。

后来我把改名的过程在网上写成了攻略，影响了更多的人。每次收到成功反馈，我都特别开心，也会由衷地对那些女孩说一句：

祝你从此拥有崭新的人生。

一位农妇在快手上写诗：和树生活在一起不知有多苦

作者：李一鸣（全现在 APP 作者）

摘要

她清楚,写再多诗,也解决不了生活中的根本问题,除非"重新投胎"。韩仕梅琢磨着,等女儿大学毕业了,能挣钱了,自己就去跳河,"活着也没有意义,光操心"。

晚上十点半，是农妇韩仕梅开始写诗的时间。

双人床上，她侧卧向一边。老公和儿子都睡了，周遭声音退去，白天的琐事涌上来。韩仕梅握着手机，把它们化成字词，合上韵，码在屏幕上，一直写到凌晨一两点。手机屏幕在一片漆黑中发出微弱的光亮——这是属于她自己的地方。

一月十八日，韩仕梅发了三首诗。一首《山间农家》，一首《拱桥细雨》，一首《山川骏马》。"雾蒙山间绕，梦里观昙花。""雨滴坠落处，频频起涟漪。""踏遍五岳山，足迹留天涯。"三首诗摆在一张图片里，一段红，一段紫，一段绿。韩仕梅在配文里写："我在工厂做饭，中午急着做饭，把作品少发了一句。现在给友友们重发一次，完整版的，这次不用转发评论。感谢友友们一路陪伴。感谢大家。"

韩仕梅四十九岁，住在河南省南阳淅川县九重镇。

整个前半辈子,她都在替别人活,替母亲、替老公、替一对儿女。下半辈子大概也会如此。去年四月份,她开始在快手上写诗。近一年来,写诗几乎成了韩仕梅在家务和工作之外的全部。

韩仕梅的快手号有一千四百三十个粉丝,一千五百四十七个关注,里面绝大多数都是和她一样,在快手上写诗的人。但直接输入关键词,搜索"诗",并不会找到他们。除非发现韩仕梅,或者其他写诗人,才能找到发现他们的开关。

在韩仕梅任何一首作品的评论区,都能找到来自写诗人的评论。

一月十八日的这三首,发出没过两小时,作品下就排满了诗句和赞美——"跋马垂柳渡,花香怨春迟""雨落湖中圈圈波,疑似鱼儿吐莲波"。有人写完自己创作的句子,还要在后面加一句"姐,你要想开些,愁太多了"。韩仕梅回复:"谢谢小弟,留墨添香。"后面接上五个大拇哥。

他们之间以"诗友"相称,点进他们的主页,大多是图片或视频。画面里,是地里的庄稼、货车外的风景、自己的游客照、工厂宿舍的上下铺,甚至是村里的一棵老树、一朵花、一头蒜。还有人创建了诗歌群,群里有三四百人,每天都有人把新写的诗发到群里。

韩仕梅记性不太好,头天写完的诗,发到快手上,转天一睁眼就忘了。但她忘不了写完诗的"快乐"——一排诗友在评论里刷着"点赞"的表情,夸她写得好,这可比乡亲们夸她能干活更让她开心。这让她在工作和家庭的日常琐碎之外,找到了"一点点自我"。

01 诗

　　自从一岁时随家人从湖北逃荒到这里，韩仕梅再没出过河南——严格来说是河南的农村。她去过最远的地方是郑州，那是儿子上大学的地方；再是淅川县，那是二〇一六年送公公去看病，以及送女儿上高中。

　　除去这些，她眼前唯一的风景是一片山谷，那里种满庄稼，家里的地也在那里。二十一世纪初，因为南水北调项目，山谷被填平，目之所及只有一望无际平坦的黄土。家乡与丹江口水库一镇之隔，自一九五九年起，约四十万淅川人为此外迁——不过这些大历史和韩仕梅没有半点关系，她自己的故事，已经能填满全部记忆，直到诗将它们唤了出来。

韩仕梅和儿子都在村里的箱包厂上班,从家骑电瓶车到那儿只要四分钟。在厂里,她负责给管理人员做饭,儿子当工人。闲下来的时间,韩仕梅都用来做鞋子,一双在市场上能卖八十块。去年四月,韩仕梅换了手机。在此之前,她用的是五百块左右的智能机,只会用微信,昵称是"王心悦家长",后面跟着一串手机号——王心悦是韩仕梅女儿的名字,在淅川县上高中。

在新换的手机上,儿子给她装了快手极速版,帮她注册了账号。这成了继微信后,韩仕梅使用的第二个手机软件。第一次用快手,韩仕梅发现屏幕上有个红包,点进去,里面说看视频能领金币。金币能提现,每攒够一万个,可以领一块钱。韩仕梅划一个月,能提小几十。

上快手没几天,韩仕梅看到了一首诗。她忘了那是五言还是七言,反正就是整齐地排在屏幕里,背景是一张风景图。上面的字韩仕梅似懂非懂,念着倒是顺口。就是这首诗,给韩仕梅工厂与宅屋两点一线的生活,打开了一个出口。有光进来了。

那是韩仕梅初中辍学后第一次见到诗。她告诉"全现在"的记者,自己念小学时语文好,五年级那会儿,还会编些顺口溜。而她在快手上写的第一首诗更像一段歌词:

"是谁心里空荡荡,是谁心里好凄凉。是谁脸颊泪两行,是谁总把事来扛,是谁伤透了你心芳(房)。"

这首是被韩仕梅视作"凄惨悲凉"的诗。在这首诗下方的配文中,她写道:"女人一定要找一个你爱的人在(再)嫁。要不然这一辈子就瞎了。"

但即便"凄惨悲凉",写诗还是成了她日常唯一快乐的事,毕竟只有写诗的时候,她才能感觉到"一点点自我"。而且无论写什么,都会有人夸。她写诗很快,从产生灵感到写出来，最快只要几分钟。一月八日晚上十一点半，韩仕梅点进一位诗友的快手页面，看着那人作品配的视频，一口气写了五首。

视频里都是些韩仕梅没见过的风景。她所在的村子里，一切都是黄土色的。看到画面中有个小桥，她就写"细雨洗绿衣，拱桥行人稀"；有片天，就写"碧空云如纱，丛林映彩霞"；有弯月亮，就写"风卷残云无，碧空月勾悬"。诗写得快，但韩仕梅每隔一两天才会发上一首。因为快手上有个人告诉她，不能一口气发太多，"不好"。虽然不明白为什么，但韩仕梅记着这话。

服从、听命，是她这一生中最擅长的事。

02 命

韩仕梅本该被淹死在尿桶里。

家里兄弟姊妹六个,她排行第五。母亲分娩那天,韩仕梅后背朝上出生。母亲说,这种姿势出生的孩子,成人后必不仁不孝,于是想要把她按到尿桶里溺死。父亲极力阻拦,救下了韩仕梅的命。

二〇〇五年,韩仕梅三十四岁,这时的她已经是两个孩子的母亲。母亲临死前,她才在老家床前听到这个故事。

但这已无关紧要,韩仕梅恨极了母亲,直到她死都恨。

韩仕梅说,她的父亲是国民党军军官,母亲是地主的女儿。她出生时,家里早就被划成了不好的成分,一九七二年,一家人从湖北逃荒北上,落在了九重镇。韩仕梅学习好,考试总能拿到前三名。她把奖状一张张整齐地压在自己的褥子下面,鼓出个小包,睡觉时顶着后背。

初二那年,因为交不起每年十八块的学费,韩仕梅被母亲从学校带回了家,种地干活。二十二岁时,她被卖给了外村一个大她八岁的男人。韩仕梅的三个姐姐也是相同的遭遇,每人的价格在几百元到上千元不等,买家大多是村里的老光棍。韩仕梅的价格高些,三千块。男人只会些简单的字词。用韩仕梅的话形容,"像个几岁的小孩"。

十九岁被相中,但结婚的事拖了三年,因为韩仕梅始终不肯。"就你这鳖样还捣蛋",韩仕梅记得,母亲当时这样说。结婚那天,婆家摆了两桌酒席,三千块交到母亲手里,可落到韩仕梅这的,只有四身新衣服。在此之前,韩仕梅穿的都是哥哥姐姐的衣服。大了几号的棉裆子挂在身上,风钻进来,鼓成个球。

结婚前,韩仕梅以为只是老公脑子有点问题,日子总能挨得过去。但住到婆家,她发现,情况比自己想象的要糟。公公和老公是同样的病,婆婆是小脚,不干活,一家人住在三十多平方米的瓦房里。为了娶她,婆家欠了亲戚和信用社四千八百块钱。从一九九二年韩仕梅嫁过来开始,要账的就没停过。

韩仕梅刚结婚就怀了孕,但直到生孩子的前一天,她都还在水井边挑水。三姐来探望时,发现她没钱补营养,给她买了五块钱的鸡蛋。生孩子、盖房,要钱的事情一桩接一桩,韩仕梅没工夫抱怨,她能做的只有把这些小事记在心里,在工作和家务之间不停地转着,也沉默地转着。

她渴望和人交流，但男人就像"一棵树""一堵墙"，永远只会听韩仕梅讲，却无法说出一句完整的话。韩仕梅说，吃饭、干活，是他只会干的两件事，像头老实的牛。有时两人发生点摩擦，她尝试和老公讲道理，但讲上一天一宿，他依然是那副呆滞样子，不点头也不摇头。渐渐地，韩仕梅也没精力发脾气，话也一天天少下来。

欠账，还账；又欠账，再还账。最穷的时候，家里连买盐的钱都没了。韩仕梅种辣椒、进工厂，想着法给家里增加点收入，村里人全夸这个三千块买来的媳妇能干。

韩仕梅也和这个家捆绑得越来越深了。她把自己训练成一颗越来越完美的螺丝钉，嵌进这台锈迹斑斑的机器，"自我"不再有容身之地。二〇〇二年，因为老公不停念叨着"想要个闺女",韩仕梅又生了个女儿。为此,家里又借了四千,才交上五千块钱的计划生育罚款。

"投胎当了这个妈妈的女儿,这就是我的命",至今,韩仕梅把宿命归结于自己的母亲。

03 希望

韩仕梅原本将儿子当作自己的希望,但这个希望也破灭了。

一九九三年农历八月二十九,韩仕梅的儿子出生。出生前,她担心儿子也跟老公和公公一样。听到婴儿的哭声时,她才放下心来,"看面相不是个傻的"。韩仕梅很珍惜这个孩子,从来不让他干任何体力活。后来儿子到县里上学,她有空就去送饭;儿子考上郑州轻工业大学,她就坚持每个月坐几个小时的车,去郑州看儿子。

毕业后,儿子到厂子里找工作。体检时,发现了一处肺部阴影。医生诊断称,这是小时候的一场肺炎所致,对身体并没有影响。但工厂因为这片阴影拒绝招收他,连试了几家,结果都是如此。本来还可以找别的工作,但他像是拿了张残疾证,从此回家躺着去了。再后来,韩仕梅给他找了现在这份工作。

至于这些,韩仕梅一般不会和别人讲,快手上的诗友只知道,韩仕梅培养了位大学生。

但这位大学生并不关心韩仕梅的诗,如今他独自住在宅屋的二楼,结婚时的红横幅还挂在窗外。

除了快手上的诗友和女儿,没人看韩仕梅的诗。她尝试过给老公念,念了几首,老公依旧是那副表情,韩仕梅明白,他还是没听懂。"和树生活在一起不知有多苦,和墙生活在一起不知有多痛。没人能体会我一生的心情。欲哭无泪。欲言无词。"一月三日,她发了这样一条动态。

二〇二〇年十一月二十六日,儿子结婚那天,韩仕

梅在快手上发了自己作品里唯一一首"喜庆"的诗:

"金枝玉叶一朵花,坠入王家把家发。夫唱妇随把日过,明年生对龙凤娃。"

照片里,新郎单膝跪地,为新娘戴上戒指。为了这门亲事,韩仕梅光托村里媒婆相亲就相了十几个,花了五六万。本来有一个相中的,五万定金都交了,结果儿子不愿意,又把亲事退掉。韩仕梅由着儿子来,没关系,再找。

儿子和现在的妻子是在网上认识的,女生人漂亮,韩仕梅喜欢。这场婚礼,加上彩礼和红包,韩仕梅几乎掏空了家里的积蓄,又在外面借了二十三万。当地有儿子结婚,要给儿媳妇准备"四金"的习俗,光是金戒指、金手镯、金项链、金耳环,就花了十万块。

韩仕梅不心疼,"儿子结婚,花多少钱都行"。

但这也把韩仕梅与这个家庭捆绑得更紧。妻子、母亲、奶奶,一个个新身份压在她身上,与她产生关系的人越来越多,谁也离不开她。

在快手上,她第一次有了除家庭之外的社交,可以做自己想做了半辈子的那个人——一个"女人"。她可以自由地展现自己的脆弱,写下"为奴不问红尘事,泪已流干两鬓霜"。但"有个依靠,有个人疼"这个愿望,她永远实现不了。一次在快手,她刷到了一首《钗头凤》,还配着陆游唐琬的故事。韩仕梅挺喜欢,觉得自己也和他们一样,爱情成了一桩悲剧。

韩仕梅说,去年七月,有个湛江男人想和她好,许诺"疼爱"她,但叫韩仕梅"赶跑了"。

当时,韩仕梅刚用快手,没发几首诗。这个三十八岁的男人找她私聊,自称是个市场老板,离过婚,有个八岁的女儿。看了韩仕梅的诗,想娶她。

韩仕梅说自己又老又黑又丑。男人说,人不在外貌。

韩仕梅说,自己有个智障老公,还有两个孩子,一家人离了她活不了。男人说,那你可以两家跑。

韩仕梅还是拒绝了,"年轻时都没犯错,老了更不能犯错""马上抱孙子了,不能给孩子们丢脸"。

现在,在她的快手主页上,看不到她去年七月份发布的任何作品。

04 写诗人

这些故事不会出现在韩仕梅的快手里。

韩仕梅一般不主动关注别人,有人关注她了,手机会弹出一条提醒,她立马关注回去。有时直到凌晨四点多钟,韩仕梅的快手账号依然显示"在线"。

现在,她的快手信息流里基本都是诗歌。点进每个写诗人的主页,关注数和粉丝数都相近,他们之间以"诗友"相称,他们的诗歌则大多以正面示人,以写景抒情为主。但和韩仕梅一样,几乎每句诗的背后,都是写诗人琐碎而丰富的生活。

比如昵称为"孤竹峰青"的闫江峰。在快手上,他是一位快乐的农民，会给草莓写诗，"吾生从不惧冬寒，暴雪狂风岂畏难。宁自独开陪君子，琼花寄语报平安"。今年年初，因为疫情被隔离在家，他的诗句从"阳光妩媚"变成了"这个冬天有点冷"，"这个冬天有点冷 / 冷得让人心慌 / 我看到了雾霾中的颗粒 / 面露凶相"。

再比如自称有着二十余年"诗龄"的马海荣，他是一个诗歌群群主，会不定期组织诗会。他制定的入群标准是党员优先，人品、政治、专业水平，三方面综合考察。在他的群里，几乎每天，群友都会分享自己新创作的诗。

韩仕梅没加入过任何诗歌群，和马海荣等人的互动也仅限于互相关注，偶尔点赞。她对自己的诗没什么信心："我写的那也叫诗？"至于格律那些"专业"的东西，她也是用了快手才知道。有次有人告诉她，诗的每句最后一个字要押韵，第三句可以不押，韩仕梅这才明白。但她大多数时候也不管这些,看到有兴趣的,抬手就写。

一月十八日,有位来自河北保定的"老师"给韩仕梅发私信,说她这诗写得"顶好","有天赋",但"格律全是错的",并表示愿意教她。韩仕梅也想"进步",想得到更多人夸奖。她问要不要学费,对方说不要,他自己也是别人在快手上免费教出来的。

按照"老师"发来的格律规范,一月十九日晚上,韩仕梅写了一首交上去。"老师"看完,说这诗格律对了,但韵又全错了。虽然勉强知道什么叫韵,但每个字用普通话该怎么念,韩仕梅不知道,她已经说了一辈子的河南话。

这通"学习"下来,她发现自己没法像原来那样写诗了,"太费劲,不自由"。

更何况她清楚,写再多诗,也解决不了生活中的根本问题，除非"重新投胎"。韩仕梅琢磨着，等女儿大学毕业了，能挣钱了，自己就去跳河，"活着也没有意义，光操心"。

一月二十日下午，韩仕梅和往常一样在厂里做饭——领导过来叮嘱她，晚上炒俩热菜。这间管理人员专属的餐厅里摆着一台空调和一张带玻璃转盘的圆桌，韩仕梅坐在桌子不远处，跷着二郎腿，唱起刀郎的《西海情歌》。这首十几年前的歌最近在快手上又火了。

"我在苦苦等待雪山之巅温暖的春天，等待高原冰雪融化之后归来的孤雁……"带着河南口音的唱腔婉转悠长又空空荡荡，和粗粝苍凉的原唱完全相反。

（本文首发于全现在APP）

一个心理咨询师在五十六岁那年成为王一博的妈妈粉

作者：刘燕秋　　编辑：李芳

摘要

明星就像一个投屏,我只是把我自己的一段人生经历在他的屏幕上演绎了一下。我喜欢他,借他的投屏演绎我的人生,这些事情跟我自己有关,跟他没什么关系。

这是一个真正的"妈妈粉"的故事。

王颖是湖南人,讲这个故事的时候五十七岁,她形容自己是看着《天天向上》变老的。大概三年前,她随手打开电视,发现《天天向上》嘉宾里出现了一个不爱说话、高高帅帅的男孩。这个男孩叫什么名字,第一次她并没有记住,后来她知道了他叫王一博。起初,她并没有太留意这个人,只是好奇,一个安静的人怎么能做主持人,直到一个周末,她打开电视时看到王一博一个人在节目里跳舞,她看得"惊掉了下巴",这才知道,原来他身怀绝技。

二〇一九年的秋天,几个平时聊影视剧的朋友给王颖推荐了《陈情令》,看完以后,她彻底被王一博圈粉了,开始从粉剧中人到成为现实中王一博的粉丝。那年她五十六岁,每天工作之余都会刷一下百度、B站和抖音,看他的各种拍摄花絮、访谈、跳舞视频,恶补他曾经参演过的电视剧和综艺。

她挑着看了王一博早期出演的《人间至味是清欢》，看完了他主演的《陪你到世界之巅》，还看了他配音的动画电影《昨日青空》，以及两档他担任嘉宾的综艺《创造101》《极限青春》。二〇一九年到二〇二〇年这段时间，只要有王一博出现的电视剧和节目，王颖都会一期不落地看。她看《这就是街舞3》看得热血沸腾，半夜在家里大呼小叫，老公调侃她扰民。

王颖被更多人知道是因为那个"五十七岁奶奶跨省打卡追星"的视频。为了抽跨年演唱会的门票，她和朋友一起从湖南株洲去武汉参加某大屏打卡活动，途中拍了视频记录这次旅程。这条视频在网络上的转赞人数过万。"哇，王一博出来了！"在视频中，王颖面对屏幕上出现的王一博发出欢呼，还拿着周边公仔和大屏上的爱豆合影。她声音温柔，戴着眼镜和格子围巾，显得很斯文。

她没抽中门票,但活动方看到视频后赠了她一张票。于是,二〇二一年的湖南卫视跨年演唱会,王颖和朋友又一起坐飞机到海口看王一博,被王一博"帅晕了"。

王颖这样描述自己发那条追星视频之后的心情——就像在旅途当中,走着走着突然面前出现了一片幻彩大流沙。她曾经在自驾游时走过西藏丙察察那条非常艰险的道路,察隅境内的大流沙令她震撼。流沙在阳光下熠熠生辉,呈现出一种绸缎的幻彩,走近了看,流沙其实是多年积累的无数大小石头形成的滑坡,时不时地就会有石头滚落下来。当她决定向外界展示自己对王一博的这份喜爱,她很清楚,自己也许要面对外界的非议,那感觉就像看到大流沙,有惊喜,但同时有危险。

"王一博经常说要对自己坦诚,我也希望能面对自己内在的真实感受，我要表达出来，并且不惧怕展示我的真实以后会带来什么。我相信这个世界上大多数人是接受这种真诚的，如果这一定是一把双刃剑的话，我也做好准备去迎接那种不好的评判。"王颖说。

《奇葩说》第七季有一个辩题是"妈妈疯狂应援男明星，我该不该阻拦"，辩手小鹿抓住了这道辩题背后的刻板印象——爸爸不着家理所当然，孩子不着家情有可原，妈妈不着家就成了众矢之的。"有烛光里的妈妈，为什么不能有灯牌里的妈妈？"在舞台上，小鹿抛出的这个梗上了当晚的微博热搜。

怎么理解妈妈粉对偶像的情感？在传统的家庭分工下，一个中年女性有权利追星吗？家庭成员怎么看待追星的妈妈？更进一步，一个人想要追求本真地活着要跨越怎样的障碍？这些问题其实事关社会结构和自我认知。

王颖不认为自己是那种疯狂的粉丝。她的另一重身份是心理咨询师,从事心理方面的实践已经十多年了。她也不认为自己追星是为了挣脱某种现实的困境——她的追星之旅也许更应该被解读为一个中年人走向内省的过程。

面对无可挽回的时光流逝和无常的生死,一方面,她在通过追星进行一种创造性的自我表达,从而获得抵抗衰老的生命力;另一方面,她也希望借由追星丰富看问题的视角。在跨省看王一博演出之后,王颖和已经成年的女儿进行了一番对话,回望了各自的追星经历,在王颖看来,这次交流拉近了母女之间的情感距离。

以下内容根据界面新闻记者对王颖的采访整理,不代表界面新闻观点。

01 干吗要等老了以后？
你现在就可以做自己喜欢的事情

年前，我跑到武汉玩了一趟，参与跨年演唱会的抽奖，公屏抽奖并没有抽到门票，但那个视频出来以后，做这个活动的公司跟我联系，给了我赠票。我高兴坏了，因为我之前也向一些类似于黄牛的人打听过，他们的报价都很吓人，《天天向上》的现场录制炒到一万多，那我肯定就不会去了。

兴奋了好多天后，我邀请了几个追星的朋友一起去看跨年晚会。我们三十一号上午飞到海口，一号下午飞回来。一路逛吃，说说笑笑，多巴胺噌噌往上涨。进场时间是五点半,我们到酒店安顿好,休息了一会儿就跑到现场去了,因疫情防控需提前准备。进场可说是过五关斩六将,查身份证、核酸检测、测体温,还要查手上戴的应援物品。

大体育馆那冷风一吹,感觉特别奇妙。现场排山倒海般的声浪让人有一种强烈的体验感,你还没看到人影,只听到宛如山呼海啸的声音,就知道王一博出来了。我们在里面待了四五个小时,王一博出来就开始喊,结束的时候是凌晨一点,嗓子都喊哑了。

我们统一穿绿色衣服。坐在我们旁边的都是王一博的粉丝,右边女孩来自重庆,左边女孩来自西安,大家都是从老远的地方专门来看他的。因为之前那个视频,有几波小粉丝认出我了。她们自称"摩托姐姐",头戴一些标志,穿的都是绿色衣服。好几波小粉丝主动跟我打招呼,握手拥抱。她们说:"阿姨,我好喜欢你的心态,我老了以后也想像你这样。"我心想,你干吗要等老了以后?你现在就可以做自己喜欢的事情。

除了这次跨省追星的经历,我应该不算那种特别疯狂的粉丝,但我会用自己的方式表达对一博的喜爱。我最近在看《有翡》,还心心念念地盼着他的《冰与火》。按照以往的习惯,我未必会去看这一类剧,但是因为喜欢这个人,所以就无条件接受了他所有的表演。

去年因为疫情宅在家,我在网上买了各色毛线织毛衣打发时间,还买了王一博的人偶。那个人偶大概二十厘米高,头比我的巴掌小一点,我就在家里给它织小毛衣。一博有一些造型我很喜欢,我就织那种套头或者开襟的毛衣,根据网上照片里的造型和颜色进行搭配。我还买了牛仔布,给它缝了条牛仔裤,最后衣服穿在小人偶身上,造型特别可爱。

我织一件小毛衣花几个小时,朋友说你可以摆地摊了。我不是为了赚钱，就是单纯觉得喜欢、好玩，而且这个劳动的过程是一个创造性的过程。我去武汉打卡的时候还带了这两个小人偶。另外我还会买他的专辑，一般买两张，第一张是听歌，第二张表示支持，就这样。至于他代言的产品，如果家里有需要，价格和性能都符合我的要求，就会优先考虑购买，仅此而已，我不会疯狂氪金。

《这就是街舞3》播出的时候，我差不多每天都给一博王炸战队投毛巾，手上有多少投多少，我也不会花很多时间去刷积分攒毛巾。因为日常我有工作，还有别的爱好，晚上休息时间会刷一刷这些网上的东西，B站、抖音、百度这几个平台都被我刷成王一博专页了。偶尔看到微信打榜的消息，我顺手也会投几票，但是有时候会忘掉，不会参与清场。我基本不用微博，也不玩超话，更不参与饭圈争斗，所以我应该算是散粉吧。

02　你知道有多少人是因为别人的标签和期待而焦虑、抑郁吗？

我平时做心理咨询工作，需要陪伴一些陷在情感和情绪泥沼里面的人，在每次一对一的咨询当中，我会全身心地跟一个非常痛苦的人在一起，这需要付出很大的心力和情感。当然我们定期会有专业上的支持，但同时我自己的生活也需要进行张弛有度的调节，所以我会找一些让自己放松的方式。我在织毛衣的时候可以保持高度专注，处在一个放松的、非常稳定的状态，当然，给王一博织毛衣会有一些特别的情感。

我年轻的时候看《少林寺》，喜欢过那时的李连杰。

当时我刚参加工作，在宿舍墙上贴了一张李连杰的海报，摆着打醉拳的架势。我也喜欢二〇一八年底湖南卫视的《声入人心》里面一些唱美声的歌手，但是王一博应该是我花时间最多的一个了。

王一博身上那种远远超过他的年龄的通透和对自己的真诚特别吸引我。真诚不单是对世界的真诚。我觉得他对自己真诚，知道自己的天赋，也不去辜负这份天赋，他特别专注，会选择自己喜欢的事情做到极致，而且非常享受那个过程。他有些话听起来就蛮爽的，比如，他说"别拿你的标签为我的人生标价""别人的期待都不能限制我的人生"——像这样的表达是多少人求之不得的境界。

你知道有多少人是因为别人的标签和期待而焦虑、抑郁吗？我是做心理咨询的，我接触过太多这样的人。我觉得这大概就是他老少通吃的原因之一。

大家会把自己的人生理想投射在一个明星身上，借着追星这个事情去表达自己内心的渴望。我对他的性格是高度认同的，我本人就是一个外冷内热的人，我取的网名就是暖瓶、暖壶之类的。王一博有一副高冷、酷盖的外表，但他内在是纯粹的炽热，耿直率真，不虚与委蛇，不附庸风雅。在娱乐圈这个深不可测的江湖里面，这是需要定力和勇气的。王一博还有一点特别吸引我，他总是活在当下。别人问他，你如果有选择，最想去哪里，最想回到哪个年龄去旅行？他都会回答，我就选择当下，我选择这里。

昨天我还在听他在喜马拉雅上的电台，最后他说了一段话，大意是，我的声音你喜欢听就听，你不喜欢听就可以去喜欢别人。你会觉得他全程都是在怼人，但其实他只是不像别人，表达会委婉一些。这也是他有很多妈妈粉的原因吧。

我的朋友里喜欢王一博的差不多都是妈妈粉。妈妈这个称谓意味着一份天职,成为妈妈的那一天起,你就接受了这个身份赋予你的天职,它包含了无条件的爱、养育、保护、扶持和包容。盛年期的妈妈和孩子之间在情感上总是一种不对等的关系,妈妈觉得自己会更强大、更有力量,负的责任更多,而孩子是天真的,是需要保护的,任性做自己就好了。王一博的耿直率真和时不时流露出来的孩子般的天真,能激发女性的母性,所以他的妈妈粉真的很多。

我看王一博真的就像看自己孩子一样,特别喜欢他,觉得宠着他就好了。他经常犯胃病,有时候节目录到一半都会去医院,我就会觉得心疼;看到他身上因为跳舞受的那些伤,也会心疼;网上一部分黑子网暴他的时候,我也会生气。这些不都是一个妈妈对自家孩子特别自然的情感流露吗?很多年轻女孩甚至比他年纪还小,都自称妈妈粉，我估计也是因为她们内在有一部分属于妈妈身份的情感。

在追星的过程中，明星就像一个投屏，我只是把我自己的一段人生经历在他的屏幕上演绎了一下。我喜欢他，借他的投屏演绎我的人生，这些事情跟我自己有关，跟他没什么关系。当然，如果他能回应我，我会高兴。但是我想王一博肯定不知道，世界上有一个像我这样为他的小人偶去织毛衣的妈妈粉吧。它只是我的一种纯粹的美好的情感，是我自己赋予了它意义。我体验到什么就是什么，开心就好了。

也有朋友问过我：你怎么就知道王一博是在做自己，不介意别人的评价？意思就是说这些都是包装出来的人设。我说，姐姐我活了五十七年，当然知道娱乐圈有人设这一说，我也不否认他的经纪公司会根据市场需要刻意放大他的一些品质。但是因为我有这样的一个认识，所以我并不介意他知不知道这件事情,他对此怎么看。
我只要表达我自己就好了。

03 女儿说"你现在做的事情就是我当年玩剩的"

我家里人都知道我追星。孩子们看到我每天可以开心成这样,其实挺高兴的;他们特别怕那种"为了你我呕心沥血、无私奉献"的相处态度,那会让他们有很大的愧疚感,成为生命中不能承受之重。家里有一个晚辈被我说得现在特别喜欢王一博了,时不时地还会给我提供一些王一博的信息,我们会经常聊这个事情。我还有一个外甥女,她会跟我说,"我有一个舅妈,年纪十八"。

我先生已经退休,饭圈不在他的兴趣点上,他甚至都不知道王一博是谁,但他从不拦我做自己高兴的事情。

这是很大的尊重和支持。夫妻之间可以保持不同，但我们尊重对方的喜好。他知道王一博的小人偶很好玩，会拿来给小孙子做玩具。收到演唱会赠票的事我也跟他说了，他当时开玩笑跟我说，把自己钱包捂好，现在骗子的心理学比你学得好多了。他们也为我获得赠票高兴。

我也有孙子，我觉得带孩子是父母亲的天职，我的前半生为自己的天职努力了，但养孩子的孩子不是我的责任。如果其他人没有时间，需要我去照顾一两天的话，我可以帮忙，但我不认为当全职奶奶是理所应当的事。首先，这是父母的责任，而且我是做心理咨询工作的，知道对孩子来说，由爸爸妈妈带大对他的成长更有益。

我的时间是由我自己支配的，不会被某一件事情捆得死死的。当然，我的工作和其他的一些事情可能需要经常协调时间。比如，我家里还有一个九十岁的老父亲，虽然目前还没有到要人天天照顾的程度，但是他有时需要去医院。我去海口之前，带他去看了牙医；更早的时候，他得了白内障，几乎盲了，我带他到医院去做白内障的手术，现在视力恢复得很好。这种事情是我的责任，必须做。

在追星的群体里，我心理学理论掌握得多一点；在懂心理学的人里，我是追星比其他人更投入的。这样一来，我可以建立一道和追星人群沟通的桥梁，这也是我愿意把视频分享出去的初衷。一方面我是在自我表达；另一方面我希望借着追星多一些看问题的视角，这种真实的体验感能让我更容易走进青少年的精神世界。

比如，我们通过办一些沙龙，让陷入交流困境的两代人有交流的机会。在从海口回来的路上，我跟一起去看跨年演唱会的朋友商议，觉得这一次跨省追星回来之后得做点什么。原本我们每个月会办一个公益沙龙，近期我们做了一个主题是"家有粉丝"的沙龙。因为很多青少年都有追星的行为，但他们的爸爸妈妈经常会不理解，所以我们想跟大家探讨一下追星现象背后的心理机制。两个小时里，我们几个参加过海口跨省追一博活动的人就在现场结合心理学理论分享了自己的体验。

　　我们发现，很多父母不理解孩子追星的心理。其实，追星这个事情古亦有之，苏东坡是陶渊明的粉丝，杜甫是李白的粉丝，李白其实就是那个时代的流量明星。我理解中的饭圈是这样的：成员主要还是青少年，十几二十岁，这个年纪的人有一种强烈地想要脱离父母羽翼进入社会、求得认同的渴望，会千方百计证明自己长大了。比如说有的孩子会尝试抽烟，有的孩子想偷偷去酒吧，他们会不断向以父母为代表的权威表达要独立的愿望，但是父母又习惯了操控，可能一下子接受不了他们转身离开的愿望，所以就会在这个阶段产生亲子之间的情感摩擦，有时候还很激烈。

父母很焦虑，常常是以爱的名义去限制孩子的叛逆；孩子也焦虑，急于寻找外界的认可。我很同意这样一个说法：叛逆这个词本身就是伪命题。在这个年纪，逆就是顺。

陆川有部纪录片《我们诞生在中国》，有一集里面，熊猫宝宝要离开妈妈的保护，独自去爬树，熊猫妈妈各种阻拦，但小宝宝就一次次挣脱妈妈，尝试去爬那棵树，爬上去又滚下来。最后熊猫妈妈也不拦了，就站在树下静静看着熊猫宝宝继续爬，它最后真的硬是独自爬到了高高的树干上。

动物如此，何况是人呢？你看网上那些粉丝活动，可以看出粉丝群体有一整套规则，投身到价值趋同的集体里，个体是被高度认同的。青少年那种弱小感和孤独感瞬间就被化解掉了，自我的力量感会扩大很多倍，这个力量又会推动每一个成员去维护这个群体的利益。

心理学有一个说法叫亚团体，亚团体一旦稳固形成，外界的力量是很难渗透的。如果内部的运行机制足够顺畅的话，这个团体会像一个巨人一样，产生的力量会很惊人。除了饭圈，电竞圈、同人圈，还有 LGBT 族群……所有这些圈层都像饭圈一样有着鲜明的自我标识。一个正在成长的青少年，被关注、被认可、被回应可以说是成长的维生素。如果他的情感需求在现实生活中长期不被关注、不被认可、不被回应，他的精神世界必然会感觉到匮乏和无力。这也是我在追星的过程中一直思考的问题，如果家庭和学校多一些温暖的关注和包容，孩子的心灵其实会被滋养，那么他们对于一些非主流活动的参与可能就会更加适度。

关于跨省追星的事，我跟女儿也有过交流。

我跟她回忆起，十三年前男团 Super Junior 有一次来长沙，当时我女儿大概是上初二。有天下午放学，她瞒着我从株洲跑到了黄花机场应援。我们家离长沙有一个多小时的车程，要坐长途汽车，她怕我不同意就先斩后奏，到了那边以后才发短信给我。她的短信写了好长，大意是说：今天我跟一个粉丝团体一起去接机了，我的作业做完了，晚上有饭吃，还有宾馆住，有人安排了大巴接送出行，我明天早上会回来，你放心吧。我看到这条短信的时候又惊又气，她就这样跑了，我又没有办法找到她，可是短信的内容又让我无话可说，因为她把我担心的事情全给堵上了。后来她安全回家了，我的气也消了。

如果她提前跟我说，我肯定不会让她去，但她回来以后我也不生气了。我那一晚上想了很多，我能理解这个年纪的孩子就会干这种事情，所以我也没有批评她，我听她讲了讲这次追星的过程，这件事就过去了。她喜欢崔始源，我当时还特意上网了解了很多关于这个男团的资讯，真觉得是一群很努力的孩子。但从那以后，她就再也没有类似的行为了。

女儿平时在外地，前几天我跟她视频，各自从不同的角度还原了当时的情境。她一脸沧桑地跟我说那一次的疯狂体验很重要，她说，自己之后对这类事情的兴趣就没那么大了，"你现在做的事情就是我当年玩剩的"。她通过这个方式释放了那股力量后就没有再痴迷于追星了，因为她回家以后，作为家长，我接住了她的情绪，我也接住了我自己的情绪。

最近这次交流特别好地拉近了我们母女的情感距离。我觉得我们俩都在做同一件事情，就是在回望自己走过来的路，并且见证了彼此的成长，特别美好。

04 出走半生,穿越天地众生,
    终究还是要回归自己

我在视频里自称是"中年少女",也有人说我们是"老年少女"。关于中年老年标准的问题,我觉得现在的称谓是有点混乱的,应该统一一下。比如说,可以参考国际卫生组织的中老年年龄的分界线去划分,那五十多岁属于典型的中年。

我在视频采访里说过,自己少年时代比较乖,从来没有为什么事情疯狂过,中年以后内心会走向一个内省的过程。我看到有一些人在那个帖子下面回复说"我都快听哭了"。中年内省会打动这么多人,这是我没有想到的，因为在我看来这是一个必然的过程。

去年，我为中学同学毕业四十年聚会写了一篇小作文，当时的标题是《有你之处无江湖》，在文章里，我感慨了半天。人生就像一条抛物线，如果你把抛物线对折过来，青春期和中年正好是对应关系。青春期的人是最接近哲学家的状态，会有灵魂三连问，他要搞清楚我是谁，我从哪里来，我要到哪里去。中年其实也一样，我们出走半生，穿越了天地众生，终究还是要回归自己。我得活明白，知道自己为谁活。如果你想要为自己活，就不会介意别人给你的定义和标签。

说起来好像追星是一件很轻松的事，但对我来说，其实要放下别人的评价并不容易。我小时候是一个好学生、乖孩子，受的是非常严格的传统家庭教育，言不高声，笑不露齿，青年时代我还有点内向，在这样一个环境下长大，我几乎是端庄了一辈子。有朋友取笑我，他说你端庄，其实就是端着装着。但其实，人不是在所有的时间里都要这么端庄，偶尔你也可以放松下来，变得比较邋遢，活得稍微放纵一点。如果一个人完全不允许自己有这样的"小坏"时刻，其实这个人就已经不在自己的状态里了，而是活在别人的眼光里。

今天借着追星，我能把天真的一面显露出来，我觉得很珍贵。我们这代好多人都是这样，有很多时间都耗费在追逐似乎是唯一正确的价值上面，比如分数、财富、功名等等。作为女人、母亲，我还要谨记贤妻良母、相夫教子的本分。尤其是我这个年纪的人，从小被教育要听大人的话、守规矩，我要越过几十年来被家庭、社会灌输的那些做人的规则、教条、禁忌而去触及自己最深最真实的渴望，并且向世人承认这一份真实，是需要勇气的。

我身边有一个中年妇女说起过自己的一段经历。她曾经特别喜欢某个明星，就把那个明星的照片作为电脑屏保，但有一天她的一个同事看到那张照片，丢过来一个意味深长的眼神，那一天，她就把屏保撤掉了。你觉得这个过程里面她有挣扎吗？一定有，但最后她还是被外界的评价打败了，放弃了自己内在的真实表达。其实我们都有类似的经历。

一个五十七岁的阿姨追星，面对这样的新闻，一些人单凭一贯的偏见就可以做出评判，什么为老不尊、脑子进水、画面不美之类的评价都有。当一个人到了中年，其实是需要从脑子里的各种评价、判断走到心里来了。一个人从头到心的距离也就是三十多厘米，但是我为了跨越这三十多厘米，好像是走了万里长征。我经历了长时间跋涉，才抵达自己的内心。

我是一名在心理学领域泡了很多年的专职心理咨询师，完全可以用一堆心理学概念来解释粉丝心理和追星现象，并且我本人还具有现实检验能力，完全可以做到对追星这件事情保持足够的冷静。但那是一种职业状态，而不是一种单纯的人的状态。就在这一刻，在追星的过程里面，我并不想去塑造专业的权威的形象，我只想作为一个有七情六欲的人，把自己的存在状态呈现出来。

有的人做惊世骇俗的事情的动力，是他非常想挣脱一个现实的困境，但对我个人而言，我的生活暂时没有什么需要我去发狠挣脱的。如果说一定有这样一道藩篱的话，那就是我内心对自己的限制。我的终极自由是态度的自由，现实层面可能有很多没有办法自由的东西，但是没有谁可以阻碍我选择对人对事的态度。

我经常会问自己，如果说每一个生命都是独一无二的艺术的话，那余生我还可以创造出怎样的专属于我自己生命的艺术呢？追星只是我遵从内心感受自然发生的一个行为，我可以用自己独特的方式愉快地去做这样一件事情。或许将来我还会创造出另外一些专属于我的生命体验，这都是我自己的彰显和表达。

我现在快六十岁了，生命的抛物线在下行，但我不认为是坠落，而觉得是一种回归。我的上一辈一个一个离开，家里四个老人现在只剩一个了，死亡总是在我身边不断发生，也时不时有我的同龄人病倒，每一次对我来说都是一个冲击。我自身生活和身体上的变化也会时时提醒我正在衰老，死亡这件事情就变得异常真切。本来生死就无常，为了没有办法挽留的时光流逝，我可以做点什么？是锻炼，还是养生，或者美容，或者旅游，或者发挥余热继续工作？这些都是同龄人经常聊起的话题。

有限的余生会激发我去思考，要怎么去取舍才不会留遗憾。别人"对不对""傻不傻"的评价，一点儿都不重要，重要的是我要能感觉到活力，感觉到生活美好，这就可以去抵抗衰老的进程。不是说要阻止衰老进程，而是在心理上敢于面对衰老，这对我来说才是最重要的。

（应受访者要求，王颖为化名，原文刊载于《界面新闻》）

高考落榜十年后,我从深圳流水线女工做到纽约高薪程序员

作者:张羽祺 编辑:曹颖

摘要

孙玲来自湖南娄底的一个农村家庭,二〇〇九年高考落榜后,去往深圳的电池厂打工。二〇一〇年,孙玲参加了软件培训课程,并在深圳找到了程序员的工作。工作之余,她自学完成了大专课程、专升本课程,并于二〇一七年赴美学习。

二〇一九年接受采访之时,孙玲正在美国EPAM Systems公司工作,工作地点是谷歌纽约总部,年薪高达九万至十三万美金。从深圳流水线厂妹到谷歌高薪程序员,对孙玲来说,在社会这所大学里,十年的野蛮生长,好似一场梦。

孙玲每天早上从纽约布鲁克林的居室出发,一头扎进地铁,一个小时后,她出现在繁忙的曼哈顿街头,最终目的地是位于切尔西区第八大道上的谷歌办公大楼。

孙玲目前是 EPAM Systems 公司的一名程序员,负责公司的谷歌合作业务,办公地点在谷歌纽约总部。当被问及十年前是否想象过自己有一天能与全球顶尖程序员共事时,她坦言:"即使在一年前,我都没有想象过现在能在谷歌上班。"

孙玲来自湖南娄底的一个农村家庭,爸爸曾是木工,后来在机器化进程中被淘汰,妈妈会踩缝纫机,但在农村找不到合适的工作,家境比较困难。孙玲的哥哥与她读同年级,小学毕业后,哥哥宁可跪在雪地里也不愿意去读初中,谁也劝不动。虽然孙玲心里想继续读书,但她父亲看到哥哥如此抗拒读书,也让她一起停学了。

停学后,她跟舅舅学了三个月理发,第一次剪发剪坏了,只有将客人的头剃光才能修复发型,便没有兴趣继续学下去,只好放弃。之后,她回家跟着父母拿锄头下地干农活。务农每天要消耗大量体力,太辛苦,她还是想回到学校学习。一年后,在孙玲的要求下,父母同意她复学,中考考上了县城排名第三的高中。

在孙玲从小长大的村子里,能念完高中就已经是很不错的学生了,上大学的人更是少得可怜。大多数人在初高中毕业后,会跟随亲戚朋友外出打工,或者做点小生意。孙玲的父亲觉得"读那么多书也没用,念完初中就可以了",这在她看来是"典型的传统农民思想"。

那年八月,正是稻谷收割的农忙时节,孙玲因为帮忙务农错过了入学日期。一心想着去城里读书的她有点着急,公立中学因错过入学不能去读,家人只好帮她在县城找了一所民办高中勉强入学。那所高中主要接收高考复读生，教师水平参差不齐，"读的都是些死书"。

二〇〇九年六月，孙玲是高考大军中并不起眼的一员，最后以三百九十九分的成绩在学校的应届生中排名第一，尽管这样，还是够不着二本分数线。她回忆起十多年前的高考："当时不觉得紧张，也意识不到高考有多重要。高中时状态很压抑，只想着早点考完就能轻松一点。尽管认真去读了，但书就是读不好，考试也尽全力去考了，还是有很多题不会。"高考后的那个夏天，她在堂哥的介绍下，去往深圳的工厂打工。

01　流水线工人

二〇〇九年七月二十一日,孙玲清楚地记得那一天,她与一位同班同学结伴,坐了十四个小时的绿皮火车抵达深圳西站。下了火车又坐上公交,从前只在电视上见过的深圳的高楼大厦活现在她眼前,但因为晕车,她根本无心观看窗外的城市景观,最后昏昏沉沉地到了堂哥工作的工厂。

孙玲最初在电池厂上班,负责电池正负极的检测。她被安排上晚班,需要强行颠倒生物钟。工厂环境封闭,甚至都没有一扇窗,夜晚和黎明的更替,多数时候让人浑然不觉。在十九岁的孙玲看来,工厂像个巨大的齿轮,轮转不歇。一天十二个小时重复做着不喜欢的事情，她确信这不是她想要的生活，"现实和想象完全是天差地别，那时生活极其单调，没有丝毫价值感，在外面所有事情都要靠自己，一切都没有想象中那么简单"。孙玲在工厂做了几个月就想"逃离"，她想去学点什么、做点什么，跳脱出那个并不属于她的环境。

02　自学之路

孙玲想起了计算机。高考结束后的暑假,一个软件培训机构在学校推广七天免费夏令营,她那时对"计算机"没什么概念,"民办高中根本没有电脑课,印象中我只去过两三次网吧,当时对电脑一无所知"。在好奇心的驱使下,孙玲报了名。具体过程她已记不大清,只记得最后一天PPT展示时,"感觉电脑很神奇,可以做出这么漂亮的东西"。

孙玲形容自己的好奇心时,喜欢用"种子"这个词:夏令营时得到的那颗好奇心的种子一直被孙玲揣在兜里,在乏味的流水线生活中偶然翻看,蓦然醒悟。闲暇时,她开始到培训机构咨询软件培训，在敲定了一个最合适的课程后，二〇一〇年五月，月薪只有两千三百元的她省吃俭用攒够第一期的八千元学费，从工厂辞职了。后面的将近五百个日夜是孙玲漫长的"蛰伏期"，她从深圳龙华的工厂去往福田区学习，两家培训机构、三期软件课程、三份勉强够生活的零工、一张额度为三千元的信用卡，这些几乎构成了孙玲那一年多来生活的全部。那段时间，她不在上课就在打工，或是在去两者的路上。

孙玲提起那时的生活，满足似乎大于抱怨，"比在工厂时过得充实很多，每天都在学东西，当时觉得学习能改变现状，能让我多一点选择"。在她经济捉襟见肘的时候，爸爸默默帮她付了培训机构的首付学费；那个陪她坐十四个小时绿皮车到深圳的朋友，那几年做销售风生水起，时常请她吃大餐，"她用这种方式来犒劳我"。

孙玲完成培训顺利毕业后，二〇一一年，她在IT行业找到了工作，那是一家与政府合作的技术公司，她负责为深圳公务员计算工资，转正后月薪四千元。为了省钱，她与高中同学合租在郊区，房租每月四百元。

　　从高中毕业的时候开始，她心里就有一个"白领梦"，希望拥有一台自己的电脑，在一个有窗户的办公室里工作。那一次，她终于实现了这个梦想：与电脑打交道，周末双休，拿稳定的薪水，这一切全都符合她对理想工作的期许。第一次走进办公室，坐在电脑前面，看着屏幕上倒映的自己的面孔时，孙玲知道自己再也不会回到车间流水线了，生活慢慢开始走上正轨，"两年来所有的艰苦都值得"。

03 打开新世界

二〇一四年对孙玲来说有点特别,那一年,世界以高倍速纷繁地展现在她的面前。回忆起来,二〇一四年孙玲大概有种"很漂亮地打了一局游戏"的畅快感,自考三下两下被拿下,薪水也在跳槽后翻倍增长,工作之余玩飞盘、学英语,坚持跑步,这些过程中藏着许多不期而遇的小惊喜。

工作稳定下来之后,孙玲想继续刷一下学历,先是报了西安交通大学计算机专业远程教育课程,拿到了大专文凭,后来又利用一年半的周末学习完成了深圳大学的专升本课程。一边工作一边学习几乎可以说是孙玲生活的常态，无论经济紧张还是宽裕，孙玲磕磕绊绊的求学路始终不曾中断。她保持着清醒的自谦，"我还是一个普通人，还是一个农村的孩子"，也坦承"不断学习让我有能力更好地去体验这个世界，去探索更多的未知"。

二〇一四年六月，孙玲偶然当了一场英语公益活动的志愿者，认识了现场的外国主持人，还被拉进了一个群，群里的人给孙玲介绍关于飞盘运动的知识，令她渐渐对玩飞盘产生了浓厚的兴趣。

工作之余，她开始四处去参加飞盘比赛，将国内各个城市和一些东南亚国家都借着比赛的名义玩了一圈，结识了不少朋友。在孙玲看来，"身边的人英语都说得很溜，很优秀，经历也不一般，而我只是一个普普通通的程序员，跟他们比起来，感觉自己很逊色"。

二〇一六年圣诞节，朋友们拉她去参加派对，大家喝了点酒，心愿越说越多，孙玲拿了一张小卡片，在上面写下"希望可以去国外工作或者生活一年",然后将卡片挂在圣诞树上,"当时没有想那么多,只是想到国外可以练习英语,也想经历更多,给自己增加人生体验"。

04 美国漂流

那是一则平淡无奇的招聘广告。一所美国学校,招赴美带薪实习的程序员,八到九个月的学习期,一年的实习期,要求有工作经验,有本科学位,有一定的英语能力,有第一期首付的学费和生活费。孙玲在招聘网站上划过了无数信息,这一条,她没有错过。

孙玲决定为它努力一把,"因为有这么一个机会,我真的很想抓住"。从二〇一七年一月到九月,她的生活几乎全部围绕着英语和钱展开,五月雅思考到了五点五分,当时月薪已经过万的她终于在九月份来临前存到了十二万,磕磕绊绊拿到学校的 offer。

当拿到签证走出使馆门那刻,孙玲想到了电影《当幸福来敲门》中的一幕,男主角 Chris 面试成功后,走在人群中,所有人都一脸冷漠地机械地向前移动,他控制不了自己的喜悦,把手举过头顶击掌。"我那一刻的心情和 Chris 类似,没有语言可以描述,实在是太激动了。"不久后,飞机穿越云层和晨昏,把孙玲从东八区带到了西五区。

孙玲所在的学校在美国艾奥瓦州的小镇上,人不多,安静得仿佛与世隔绝。九个月的学习期,需要每月学习一门课程,上午学理论,下午练实操。

让她印象最深的是一门关于大数据的课程,她的结课作业做了 Facebook 的数据分析,找出使用者的常用词以及点赞最多的人,再将数据视觉化。"我发现这个项目可以用来研究我身边同学们的 Facebook 的状态,很有意思。"

学习期结束后,孙玲开始找工作。为了寻找更多的工作机会,她搬到了靠近硅谷的加州。孙玲给自己定了三个月的期限。她坦言,压力真的很大,三个月如果找不到工作,她就必须回学校再去上课;找不到工作就没有收入,也意味着还不起学费的贷款。生活的严酷逻辑环环相扣,孙玲那时就清醒地意识到,自己没有回转的余地。

05 在谷歌上班

美国慢悠悠的招聘流程一开始让孙玲有点着急,"投完简历就开始等着,先是邮件沟通,第一次安排面试会给你打电话通知,接着去参加面试,再等一个星期,才会收到回复"。除了投简历、接电话,孙玲基本都在刷算法题。

两个月,经历了将近六十场面试之后,EPAM Systems 公司向她抛来橄榄枝,雇用她作为与谷歌对接的程序员,在谷歌总部办公,年薪高达九万至十三万美金,足够她慢慢还清学费。面试过程被她描述得很轻盈,"HR 简单问了一下我的工作经验,觉得 OK,就安排公司的技术面试,接着是谷歌的技术面试,周期大概一个月","其实也没有特别困难,因为机会真的很多"。

正式在谷歌上班的那天傍晚,孙玲独自把谷歌大楼一层层逛了一遍。八楼的天台上,晚风沉醉,望着远处灯光渐次亮起的曼哈顿CBD,孙玲的心思有些飘忽,在社会这所大学里,十年的野蛮生长,好似一场梦。

在谷歌工作,没有固定上下班时间,可以选择在家办公,多数时间可以自己控制,即使不在座位上,只要工作完成即可,也很少会加班。

下午五点,办公室的人几乎全部走完,孙玲也因此有很多自己的时间。工作之余她坚持玩飞盘,时不时跑马拉松,骑行环绕曼哈顿,在周末参加算法学习小组。为了让自己更擅长与人打交道,她强迫自己走出舒适区,走上街头,对陌生人进行采访,剪辑制作成视频,分享纽约街头陌生人的故事。

孙玲喜欢纽约，但不确定是否会长期扎根于此。即将来到"而立之年"，她似乎没有什么年龄的焦虑。孙玲也说不清未来的具体面貌，她想做的只是一头扎进未知，在这个好玩的世界四处探险的小孩子。

她最近在看《自控力》这本书，因为想成为一个高效学习者，"保持 open mind，这大概是我人生的一个关键词，不断学习，接触的东西越多，人会具有更大的包容性，思考问题的角度和看待问题的方式也更多"。

(本文原刊发于凤凰网《在人间》栏目)

附录一:阅读清单

愿你在小型避难所能获得一些力量

《托尔斯泰最后的日记》

对于女性,做母亲绝不是最高的天职。

[俄] 列夫·托尔斯泰 _ 著 任钧 _ 译   天津人民出版社

《心的千问》

走自己的路吧。人的时间宝贵。

不要慌张。不要着急。按照自己的内在心灵轨道往前走,不要被人推着赶着往前走。知道自己是个什么样的人。知道什么样的生活适合自己。知道在任何一种结果来临之前,我们必然要付出很多播种与耕耘。否则不过是在各种自卑、懒散、嫉妒、嗔恨的情绪中虚度时光。

对女性来说,需要完整自身能力,保持心性独立、稳定、平衡并且丰富有趣,在此基础上,我们与他人在一起,不管是恋爱中,还是婚姻中,都会因为自主的力量而得到更多美好的体验。

庆山 _ 著　　　　　　　　　　　　　　　　天津人民出版社

《一间只属于自己的房间》

我希望,大家无论通过什么方法,都能挣到足够的钱。去旅行,去闲着,去思考世界的过去和未来,去看书做梦,去街角闲逛,让思绪的钓线深深沉入街流之中。

在我们的脊髓深处、灵魂栖居的地方,有什么东西被点燃了,不是被那种我们称之为才华的刺眼电光,它只在我们的唇齿之间跳跃,而是一种更深刻、更微妙、更隐蔽的光,是理性交流碰撞出的明黄色火焰。不用着急,不用炫耀,做自己就好,不用做其他任何人。

[英] 弗吉尼亚·伍尔夫 _ 著　周颖琪 _ 译

天津人民出版社

《奥兰多》

她是男人,也是女人,她知道其中的秘密,也知道两个性别各自的弱点。

女人可以像男人一样宽容和坦率,男人也可以像女人一样难以捉摸。

她觉得自己根本上始终没变,她依然喜欢沉思冥想,依然喜爱动物和大自然,而乡野田园和四季美景,依然令她激情澎湃。

[英] 弗吉尼亚·伍尔夫 _ 著 侯毅凌 _ 译   天津人民出版社

《父权制与资本主义》

"母性"是女性为了极力克制自我需求,通过引发自我献身和牺牲精神,将孩子的成长看作自己的幸福的一种机制。女性只要赋予"爱"以无上价值,她们付出的劳动就很容易被"家人理解""丈夫的慰劳"等说辞所回报。

女性是供给"爱"的专家,也是总在"爱"的关系中单方面付出的一方。

[日]上野千鹤子_著 邹韵 薛梅_译　　　　　　　　浙江大学出版社

《从零开始的女性主义》

对女性来说,女性主义就是自我和解的战斗。女性主义就是女人接受自己、爱自己的思想。

不是成为男性和社会眼中的"好女人",而是我们女人要坚持成为"一个完整的人"。

真诚面对自己肯定最轻松啊。高兴就是高兴,不高兴就是不高兴,这样的人生才最轻松,比一辈子扼杀 B 面的自己好多了。

[日]上野千鹤子 田房永子_著 吕灵芝_译   北京联合出版公司

《最好的决定》

怎样才能让爱充盈自己的生命——那些我的父母似乎没能给到我的爱。我拿定了主意,要把能够给予孩子的爱统统留下,但不给孩子,而是给我自己。

财务上的独立自主对我而言至关重要,同样重要的是在任何一段情感关系中都能保有我的独立自主。

养育后代是很美好,但我决定先拯救自己。

[美] 梅根·多姆 _ 编 于是 _ 译

人民文学出版社

《女性主义》

女性主义的理论千头万绪，归根结底就是一句话：在全人类实现男女平等。

女人的生活目标不应当只是一味追求美貌以便吸引到一个男人同自己结婚，而应当注重改进自己的灵魂。

生育的生理不应当决定女性的生活，女性应当对自己的生活做出个人的决定。

李银河_著   上海文化出版社

《李银河说爱情》

人不分强弱高低、才能大小,你只要找到一个自我,即自己心目中最愿意成为的人,然后实现了,你就满足了自我实现的需求。

一个女性在婚后怎样才能保持自我呢?我觉得还是要找到自己的真正兴趣,自己真正在心中想达到的境界,然后才能满足自我实现的需求。

李银河_著　　　　　　　　　　　　　　　北京十月文艺出版社

附录二：愿望清单

把快乐、梦想与期待都写下来吧

回忆曾经做过的事情,哪些会让你觉得是一种享受呢?

记得重复让自己开心的事情!

哪些事情是你一直想做却还未开始的？

记得去一一实现！

你会如何描述自己?

记得活成自己希望的模样!

当与这个世界越来越熟悉的时候,
你会发现重要的是释放自己自由的灵魂。
祝你勇敢、快乐、自由。

为自己活一次

编者 _ 时目

产品经理 _ 曹曼　扈梦秋　　装帧设计 _ 朱镜霖
执行印制 _ 梁拥军　　策划人 _ 于桐

果麦
www.guomai.cc

以 微 小 的 力 量 推 动 文 明

图书在版编目（CIP）数据

为自己活一次 / 时目编． -- 杭州：浙江文艺出版社，2022.6
 ISBN 978-7-5339-6814-4

Ⅰ．①为… Ⅱ．①时… Ⅲ．①纪实文学－作品集－中国－当代 Ⅳ．① I25

中国版本图书馆CIP数据核字（2022）第 052020 号

为自己活一次
时目 编

责任编辑　金荣良
装帧设计　朱镜霖

出版发行　浙江文艺出版社
地　　址　杭州市体育场路 347 号　邮编 310006
经　　销　浙江省新华书店集团有限公司
　　　　　果麦文化传媒股份有限公司
印　　刷　河北鹏润印刷有限公司
开　　本　787 毫米 ×1092 毫米　1/32
字　　数　61 千字
印　　张　5
印　　数　1—7,000
版　　次　2022 年 6 月第 1 版
印　　次　2022 年 6 月第 1 次印刷
书　　号　ISBN 978-7-5339-6814-4
定　　价　49.80 元

版权所有　侵权必究
如发现印装质量问题，影响阅读，请联系 021-64386496 调换。